公元787年，唐封疆大吏马总集诸子精华，编著成《意林》一书6卷，流传至今

意林：始于公元787年，距今1200余年

你好，萌大人
NIHAO MENG DAREN

《意林》编辑部 编

吉林摄影出版社
·长春·

图书在版编目（CIP）数据

你好，萌大人 /《意林》编辑部编. -- 长春：吉林摄影出版社，2018.5
（意林萌宠）
ISBN 978-7-5498-3567-6

Ⅰ.①你… Ⅱ.①意… Ⅲ.①故事-作品集-中国-当代 Ⅳ.①I247.81

中国版本图书馆CIP数据核字(2018)第080457号

你好，萌大人
NIHAO, MENG DAREN

项目出品	意林萌宠
出 版 人	孙洪军
主　　编	顾　平　杜普洲
责任编辑	施　岚　孙　瑜
总 策 划	蔡　燕
丛书统筹	邓志娟
策划编辑	邓志娟　许之贤
特约编辑	许之贤
设计总监	资　源
封面设计	资　源　徐　丹
美术编辑	岳红波　张　迪
发行总监	王俊杰
开　　本	880mm×1230mm 1/32
字　　数	200千字
印　　张	8
版　　次	2018年5月第1版
印　　次	2018年5月第1次印刷

出　版	吉林摄影出版社
发　行	吉林摄影出版社
地　址	长春市泰来街1825号
	邮　编　130062
电　话	总编办　0431-86012616
	发行科　0431-86012602
网　址	www.jlsycbs.net
经　销	全国各地新华书店
印　刷	三河市宏图印务有限公司
书　号	ISBN 978-7-5498-3567-6　　定价：32.80元

版权所有　翻印必究
如发现印装质量问题，请与承印厂联系退换

你好，萌大人
CONTENTS
目录

第一章 你懂事的样子让我欢喜

- 002　邮票猫/朱天衣
- 006　滑雪场的雪橇犬/格日勒其木格·黑鹤
- 010　懒猫百态/颜元叔
- 015　狗的眼里只有你/管　弦
- 017　好猫玄米/吴从周
- 020　红冠家族/朱天衣
- 023　猫的七种哲学/宋　涵
- 028　洪先生一家五口的幸福生活/碧空如洗的欢喜
- 031　家有三只猫/六　六
- 035　孝猴/吕保军
- 038　头鹤的尊严/李　理

第二章 有你如此，怎容孤负

- 042　黑头/冯骥才
- 047　弃猫：给我前任主人的一封信/[西班牙]冈萨雷斯
- 052　陆机的"黄耳"/陆布衣
- 054　我爱你"而已"/短痛少年
- 057　人鼠之间/琦　君
- 060　岂有此理/[美]吉姆·威利斯
- 064　好小猫/顾　湘
- 067　汗血宝马/邱华栋
- 072　顾家的猫咪/刘滴川
- 075　爷爷和毛毛的美好时光/镰　足
- 078　北大"学术猫"，南大"霸气狗"/早　早

1

第三章 你我如逆旅，相遇如春

- 082 凯撒之死/吴　优
- 085 一只不幸而幸运的羊/巴图尔
- 088 故宫猫"保安"传奇/富且朵
- 092 阿黄遇见妙狗/闫　晗
- 095 最受欢迎的"猫医生"/龚细鹰
- 098 一只流浪的狗/郭震海
- 102 一只自救的羊/宋伯航
- 105 世间的猫都是旅人/邹左耳
- 108 老人与猫/蔡　澜
- 111 猫神/徐德亮
- 116 美人比路与英雄亨利/［美］柯芮·琼丝
- 119 一只能够知生死的猫/李桂杰

第四章 爱恨离别里,有相依相伴

122	杀不死的黑斑/[美]杰克·伦敦
127	咪玛护士[美]娜塔莉·苏亚雷斯
130	幸福蜥蜴/[美]马丁·塞利格曼
132	一条有愿望的狗/流 沙
134	香蛇的渴望/程 刚
136	动物的"职场美德"/蒋骁飞
139	不怕野狗的兔子/[美]彼得·休斯
140	战马/[英]迈克尔·莫波格
145	布巴的最后一吼/[美]丽莎·朵菲考比克斯
150	两个人和两只狗的爱恨别离/柯 逸
152	"狗道"似"人道"/琴 台
154	愿望/周玉洁
157	老小姐阿花/[英]吉米·哈利

第五章 你如此执着,教我泪斑斑

164 "健忘"的章鱼/王 磊
166 山狗"诺言"/苏 言
169 阿熊的故事/毛丹青
171 不做萌宠,只愿追随母亲怀抱/[日]小川未明
175 猫王/申 平
178 狗和猫/[捷克]卡雷尔·恰佩克
181 藏小牛的母牛/[美]吉姆·哈利
183 导盲犬的眼睛/毛丹青
186 有性格的猫狗/李碧华
189 "玉兔"之死/陈佳冀
192 安娜是只猫/周笑冰
198 特克斯的眼睛/[美]尤金·奥尼尔

第六章 和解吧,给过我笑的你

202 驯马/刘国星
205 大鱼黄劫/刘庆邦
209 奔跑的野兔/何君华
212 血驹/格日勒其木格·黑鹤
215 不让骑的阿鱼/蒋小辉
219 老猎犬洁吉格日/许廷旺
224 父亲和朵拉/倪西赟
228 Go go,小萨/王 辰
231 两匹战马/姓罗名强
234 一只狗的情感难题/孙小宁
237 兔褐马/乌热尔图
242 赖上门的那只猫/张国立
245 烈马青骢/姜泽华

第一章 你懂事的样子 让我欢喜

邮票猫

◇朱天衣

　　一次在外行走,墙角蹿出一只黑猫,缠着我的脚步,轻拍着我的脚跟,快乐得不得了。驻足逗弄它,便发了疯似的啃咬,还抱着我的手不放。少见这么不怕生的猫,更何况是黑猫,这着实违背我原有的邮票猫理论。

　　从小家里猫口之众,如过江之鲫,除了一只友人托养的雪白咪咪,眼珠一蓝一黄略攀得上名门外,其他皆属正宗土猫。数目虽多,但花色不脱黄狸、灰狸、三花、漆黑、雪白、玳瑁、乳牛、白底灰狸、白底黄狸、乌云盖雪。

　　在还没有结扎观念的时代,家中长年养着两只生产力旺盛的母女猫,母亲甜甜、女儿斑斑,均是白底灰狸猫。

　　年年春秋两季母女俩均会准时生产四至五只两窝乳猫,花色多是灰狸、黄狸、三花、漆黑或白底花各一只。时间之准、套色之全,犹如邮政单位发行的邮票。

邮票一套一套地出，也因此研究出一套邮票猫理论。黑、白、橘的三花猫必是母猫，公的只有万分之一的概率，若真出现了，那就是标准的日本招财猫了。这三花猫对人充满莫名的信赖，亲人得很，即便是第一次接触也不认生。而黑猫多半孤傲、离群索居，不太喜欢与猫族共处，与人的关系亦是若即若离，它们会撒娇，但并不黏腻，就算很爱你，也只会蹲踞在一个角落默默地注视着你。全橘猫脾气则有些火暴，把它搞怒了，可是翻脸不认人的，对同类无须动手、动口，只要双眼一聚焦，对方便会吓跑，在猫族中很有老大气质。全灰狸则傻不啦唧的，一派天真烂漫，人缘猫缘都好得很，但也很会吃，一不小心就会变成个大胖子。至于白底黄狸也好，白底灰狸也好，都是意见特多，爱说话、爱抱怨的猫。

像我现在身边的猪猪，就是只吵死人不偿命的白底黄狸猫，它的尾巴不只短一截，还卷了一圈，"猪猪"之名便是这么来的。会收它，是因为看到两三个月大的它在马路上逛大街，让人惊出一身冷汗。把它带回家，它倒也大派，整个屋子巡了一圈，便扯开喉咙抱怨起来："就这样？就这样？这么一个烂屋子还带我回来？"它的嗓门不仅大，叫声还拉得老长，我算过，它的叫声总超过十秒。后来它长成公猫特有的大块头、大脑袋、大腮帮子，却仍怨声载道整天拉警报，好像我什么时候欠了它八百万。

其他白底狸猫虽不似猪猪这般怨天尤人，但只要跟它们说话，它们绝对会跟你一搭一唱，没完没了。而同样爱说话的邮政总局甜甜活得很久，晚年却糊涂得厉害。一次哺乳期间，有一只刚捡回来的半大猫小米，潜进它怀里吸奶也无所谓，完全视如己出，一切作息也比照褓褓办理。待小米吃饱喝足拍拍屁股打算走人时，糊涂甜甜按生理时钟推算，巨婴小米怎么还不回窝呀？便焦急地唤它回来，小米听到那母猫特有的叫声——"喵喵喵喵……"，不仅不回应，还拔腿就跑，甜甜见呼唤不回，便亲自出马拦劫，半大的小米被它叼在嘴里拖拉回窝，完全无法抗拒这坚定的母爱。也因此在几次脱逃失败后，小米便认命了，窝在一群只有它体形四分之一大的乳猫中，两眼茫然，仿佛在自我催眠着："我是婴儿！我是婴儿！"

最后几窝猫常在这糊涂妈妈反复搬家后无疾而终，有时下着雨，便见它湿淋淋地叼着小猫进出，搬到一半便看它坐在那儿发愣，先以为是累，后来才知道它是在思索，因为一阵忙乱后，它已忘了自己来自何处，欲往何去，儿女几许。所以每搬动一次，便折损邮票一枚。有一回在数次搬迁后，终于无一幸存，母性的本能让它无法接受这个事实，当它发现女儿斑斑和另一组邮票在院子里享受午后阳光时，它便悄悄挨近并仰躺下来。但显然那些孙儿对它这野人般的行径并不领情，以致它不得不采取更激烈的手段，半偷半抢地衔了只小猫就跑，结果是母女反目，做母亲的被女儿斑斑甩了几巴掌，悻悻而去。

斑斑长得十分漂亮，生养众多却不失迷人气质，脸短而圆，一双蓝绿眸子直刷到耳际，自它所出的邮票枚枚质量有保证，每只小娃儿收拾得干干净净，该受的教育也从不缺少，包括磨爪子、爬纱窗、开门、跃墙、夜间训练、狩猎及野外求生。教授狩猎之前，斑斑必先猎一活物予稚子戏耍，或壁虎，或蟑螂，或蝴蝶，或四脚蛇，或麻雀之类的小动物，这时猫科动物残忍的猎食本性便表露无遗。

野外求生更可看出斑斑尽责却也天地不仁，一早它会携子往后山出发，众邮票雀跃于后好似出外郊游，约莫一个钟头后，做妈妈的会先回来，卧踞在墙头。一开始我们不解，总要问它："娃娃呢？娃娃怎么不见了？"

它被问烦了，索性眯眼打起盹来，随后两三个钟头，依聪明才智的高低，一枚一枚的邮票会先后归队，这期间若插手去带小猫回来，必惹来斑斑极其怨怼的眼神。

有时不解，处在现今环境里，哪只家猫不是饭来张口、茶来伸手？天塌下来也有人顶着，斑斑到底在担心什么？坚持的又是什么？同样是猫妈妈，这些教育甜甜就省了。

甜甜和斑斑最后和大多数的猫一样失去了踪影，在那样的年代，猫是很少死在家里的，尤其公猫成年后，几乎都在外面浪迹，吃饭会回来就要偷笑了，因此家中猫口的管制不似狗来得严谨。近十几二十年来，周遭的环境变了，车多人多，高楼大厦更多，猫族要在城市里讨生活并不容易，就算有斑斑那样尽责的妈妈，把孩子教得一身好本事，在这都市丛林中却是半点儿用也没有呀！

所以，我不禁会想，如果斑斑活在现今的环境中，它会怎么做？干脆束手？还是继续坚持自己的育儿方式，以保有猫的些许尊严？

滑雪场的雪橇犬

◇格日勒其木格·黑鹤

去高山训练基地滑雪的时候,我第一次见到它。

以前,我一直在市区的滑雪场滑雪或是去野外滑野雪。这个冬天到来时,在我家小区后的广场的湖面上,竟然开始修建一座适合初级滑雪者的只有一条几十米长雪道的滑雪场。

雪场还没有建完,我就经常扛着自己的单板去那里滑雪,衣服总是被造雪机喷出的雪霰冻得硬邦邦的,像穿着铠甲一样。一名在这里造雪的工作人员告诉我那个不错的滑雪场的情况,我在网上确实没有发现那个滑雪场的信息。它属于体育学院,是体育学院的第二校区,作为一个高山滑雪训练基地,并没有进行商业宣传和运作,所以知道它的人并不多。

换乘两次火车,再乘汽车,终于看到了那座位于高山之间的雪场,远远看到从山顶一泻而下的近两公里的陡峭雪道,我兴奋不已。

我心想着快点儿换上滑雪板，从那儿飞跃而下。

我将背包和板包从租的面包车里搬出来，抬起头，感觉雪地反射的阳光过于刺眼，就顺手将一直卡在头上的雪镜戴上了。

就在这时，我看到了它，它从一片橘黄色的视野里向我奔来。

我看不清楚，摘下了雪镜。

是一条银灰色的狗，从雪具大厅狂奔而出，笔直地向我冲了过来。

它的目标确实是我，我的旁边没有任何人，它是冲着我来的。

我倒是没有感到恐惧，任何一条狗都不会以这样一种方式作为攻击的前奏。

我熟悉这种场面，每次我外出很久归来时，我的两条狗就是这样迎接我的。当我在它们的视野里出现时，它们会不顾一切地冲过来，一种就义般的激情在鼓舞着它们，它们狂奔而来，那架势就是要撞翻拦胆敢拦在它们前面的一切障碍。它们高高地跃起，扑到我的身上，亲吻我，用牙齿叼住我的手，尽最大的努力控制蓬勃的热情，才不至于将我咬伤。它们的尾巴像直升机的螺旋桨一样飞速地旋转着，一种久别重逢的激情在燃烧着它们，它们必须将这种激情释放出来。

有时候，这种特殊的迎接会持续很长时间，当一切结束的时候，它们总是像刚刚完成一次10公里的长跑一样粗重地喘息，流着口水，当然，更多的口水已经留在我的衣服和脸上了。

这条狗就是以这样一种迎接久别主人的激情向我奔来。

我有些不知所措，显然，从它的表现看，我应该是它的主人，而且我们已经分开好久了。但无论我怎么回忆，都不记得自己养过这样一条狗。尽管它跑得很快，我还是可以判断出这是一条银灰色的狼狗。我养过不下十条狗，但我清楚地记得它们的去处，即使其中有不知所终的，也不是这个品种。倒是童年在草地养过一条乳白色的狼狗，在某个黄昏不知去向，先不说它们毛色上的差异——当然也不排除随着年龄的增长，毛色有变化的可能性——它根本不可能从遥远的草地来到这积雪的山地。即使它活着，现在恐怕也将近20岁了，我从来没有见过20岁的狗，我不知道那对于狗是什么概念，大概相当于人类的两百岁吧。我的朋友养了一条享年14岁的狗，在它生命的最后阶段，已经耳聋眼花，走路都无法走直线，到最后都是主人将它抱出去晒太阳。那么，一条20岁的狗，无论如何也不会以这种方式奔跑。

它已经跑过来了，无论我是否愿意，显然它都要发泄自己久别重逢时应有的热情。

为了防止手中的板包和背包妨碍到我，我将它们扔在雪地上——不要小觑一条狗扑过来的力量，我就不止一次在我的狗扑过来时被背包绊倒，扑翻在地。在犬类展示巨大的热情时，它们拥有可怕的力量。

我也顾不上它是不是我很久以前失散的狗，现在只能接受这种扑面而来的热情。我将两只手举到胸前，这样可以在它冲过来时将手伸过去，安抚它，还能够防止它因为肾上腺素分泌过于旺盛跳得太高，爪子抓到我的脸。我的狗阿雅就非常喜欢这样飞扑。夏天的时候，我不止一次被它抓伤。

那狗的四爪甩溅起昨天刚刚降下的新雪呼啸而来，一路上吸引着停车场上那些正从车上往下搬滑雪板的游人的目光。我似乎也被它的这种情绪感染，竟然也有些兴奋起来。狗就是这样，它们的那种热情总是能产生一种令人类快慰的力量。

我不知道如何形容这种转变，就在它已经跑到我的面前，准备向我扑过来的时候，它突然生硬地停住了，死死地盯住我。然后，那种热情与兴奋似乎转瞬间被暴露在零下50℃的低温中，顷刻间凝固了，最后像碎玻璃一样"哗啦啦"地落了一地。此时主宰着它的是巨大的失望，像整个世界那么大的失望。

　　这是我最不愿意看到的来自另一个物种的目光，如果可能，我希望自己永远不要见到这样的目光。每次我要外出滑雪或是远行时，我就可以从我的两条狗的眼睛里看到这样的目光，巨大的失望笼罩着它们，那一瞬间，你会感觉它们已经对这个世界失去了兴趣。

　　它已经确信从来没有在这个世界上见过我，一种显然习惯了的冷漠像雾一样弥漫了它的眼睛。它冷冷地看了我一眼，然后慢慢地闪到了一边，给我让出通向滑雪大厅的路。

懒猫百态

◇ 颜元叔

乱世之人不如狗,治世之人却也不如猫。此话怎讲?有猫为证。两三年前,我推开侧门,踏入后院——所谓后院,不过是厨房与厕所间夹的小过道而已——骇然发现垃圾桶里,死了一只大猫。猫的后半身挂在桶外,头及前半身完全栽入垃圾里。是谁胆敢把死猫抛入我家后院,而且功夫如此了得,竟准确投入一尺见方的垃圾桶里!我正在诧异,却见死猫的后脚爪在桶壁上抓了几下。还没死?赶快营救,否则要被垃圾闷死了。我拾起脚边半截晒衣竹竿,往猫的胯下一拨,想把它从垃圾桶里拨出来。说时迟,那时快,霎时死猫变活猫,活猫变凶猫:但见它虎头蛇腰般,连带各种垃圾,从桶内一跃而出,转眼便上了墙头,上了屋顶,上了屋脊。回过头来,它凶狠地俯瞰我,而后,"喵"的一声,以鄙夷的虎步没入千檐万瓦的苍茫世界。

原来它不是死猫,而是活猫,不但是活猫,更是野猫。趁人不备,溜进我家后院,仅凭自己的本事与机智,"荒野"求生,果腹充饥。我有些歉意,难道人们宁愿把垃圾扔掉也不愿分它一杯羹?台湾富庶,有的是垃圾。我虽不富裕,养活一只猫的垃圾还不缺。"欢迎你随时光临!"我向消失在苍茫世界的"瓦上飞"喃喃着,却也无法忘记它临去时的那一眼凶光、那挑战性的一声"喵"。后来,我太太也到了后院,大概发现我仰望云天,一副憨态,便问我是怎么回事。我说:"我刚才赶走了一只野猫,它好凶啊!"我是在憎恶它,还是在赞美它呢?连自己也莫名其妙。想象那千檐万瓦的苍茫世界,想象那矫健的身姿,想象那无声的跳跃,想象那坚强的求生意志,想象那独来独往的嶙峋骨气……怎么了?我大概是武侠片看得太多了吧。

我谈不上是模范丈夫,不过假日里我喜欢陪太太去菜市场。我们去的菜市场,不是超级市场。去超级市场,必须先住进超级公寓。我们住的公教宿舍,面积只有20多平方米,充其量我们只能去南门市场。大多数时候,我们只从附近的小摊贩那里,买些变色的排骨、眼睛泛白的鱼、阴沟水泡过的青菜、皮厚肉少包开不包退的西瓜等。去菜市场是一件愉快的事,可以目睹台湾的富庶,即使漫步在三四流的市场,心中也觉得踏实。然而,唯一不太愉快的,便是每次把菜买齐后,太太总不忘记踅至鱼摊,为猫买一条臭黄鱼,或者讨一小袋免费的鱼内脏,因为当年那只野猫,已经登堂入室变成家猫,家猫变成驯猫,驯猫变成懒猫,懒猫变成贪猫。它已经到了非鱼不食的境界:若无鱼,你便在它"喵,喵,喵"的抗议声中,依稀听出"长铗归来乎!食无鱼"。

究竟那只野猫,经由何种变化过程,成为舍下的座上宾,我也不甚了了。反正,如今每当饭菜上桌,它若在室外,必定双爪抓住纱门，拍得门框"砰砰"作响；它若在室内，懂礼貌的时候，在桌下左盘右旋；不耐烦的时候，主人尚未上桌，它已高踞一椅，前爪往桌沿一搭，睁开那难得睁开的眼睛，向菜碗观察一通，若是发现鱼虾缺席，则颓然落席而去。当然，好心的太太必定为懒猫准备一碗"鱼腥饭"——此饭似乎尚未列入粤菜馆的"群饭"之中，实在可惜——让它闲逸、完全、尽情地吃了。然后，它就躺在榕树的浓荫之下，整条背摊平在凉爽的水泥地上，整个肚皮摊开在微微的风中。你走过去，用鞋底或脚底轻轻蹂踏它的腹部，它连眼皮也懒得抬，只是轻哼着："妙啊！妙啊！妙啊！"

　　台湾的冬天虽不能称得上冬天，但要冷起来也会让你渴求温暖的阳光。冬天在家里何处最暖？当数电视机上。为何电视机上最暖？若非电视机上最暖，为何懒猫老是蜷睡其上？只要我们一打开电视机，它就往电视机上一跳，我们看电视，它就蜷成一团，睡得甜、睡得久、睡得超然。任你中东大战，任你"水门事件"，任你审判贪污。即使乌来瀑布从电视上泻出，它也合眼长眠，不抖动一根睫毛。有时，我也想到电视机之上，超然地睡一觉。猫白天睡觉，理所当然，可是，这只懒猫之贪睡，白日与黑夜不分。人们未上床，它已就寝；人们已起床，它仍昏睡不醒；人们忙于谋生，它在睡眠中消化食物。除非肚里唱"空城计"，被诸葛亮的男高音唤醒，否则它是一径滞留在梦乡，了无归意。人们在饱餐之后得散散步消化消化，可它是兽，哪懂得"饭后百步走，活到九十九"的人间道理。它的卧榻随季节而变换——正如王公将相有春宫、夏宫、秋宫、冬宫。冬天，懒猫的寝宫在电视机上，固不待言；春天，它便移榻藤椅；秋天，沙发是它的龙床；如今盛夏当头，它的寝宫也移到了磨石地上。人之睡眠，春夏秋冬，只是一张床，就算冬天加毛毯、夏天铺草席，与懒猫相比，亦相去千里。

至于猫的睡姿，更是多样，稀奇古怪，无所不有。我曾经仔细观察过这只懒猫的睡姿，不下百种。举几种最特殊的，以为例证。春夏之交，懒猫睡在沙发上，恰好我的西服也放在沙发上，那只懒猫既以沙发为床，复以我的西服为褥，最荒唐的是它把整个脑袋塞进了我西服的口袋里！究竟它是嫌我家空气不好，以口袋为防毒面具，还是以口袋为眼罩，以免强光刺眼，打扰它的睡眠？我没来得及问清楚，但一时哭笑不得。一声吆喝，它爬起来就奔，结果头部便钻进口袋，几乎被口袋闷死。初夏时太阳小施威力，晒得我头皮细胞跳舞。中午我自学校返回家，发现懒猫在墙角。那个地方晒不到太阳，由于浇花之故，地上经常阴湿，当然是避暑的好地方。但最令人赞叹的是，那只懒猫把背脊全部嵌入墙与地的直角中，于是，左边两条腿贴在墙上，右边两条腿贴在地上，头部上仰，头毛全露，连尾巴也平镶在墙地之间。可谓因地制宜，把自然条件利用到了极致。我看得发了呆，一时忘了自己站在太阳底下全身大汗，移情作用令我也分享到猫的凉爽。

猫和老鼠本是天敌，但这只懒猫在豢养之下，已经懒得与老鼠为敌。它不仅不捉老鼠，甚至见了老鼠就逃。一天晚上，厨房里出现了一只老鼠，中等大小，并不可怕。我把厨房门窗先关上，请太太把懒猫从电视机上抱下来，往厨房一丢，立即关上门，站在外面静静地等着。等了半天，里面毫无动静，我开门一看，懒猫已经睡在贴了瓷砖的灶台上，脑袋搁在煤气炉上。我一气之下，冲了进去，拿起棒子先将猫打起，又向柜下乱戳一阵，终于把老鼠赶了出来。这时，那只懒猫如果还有一点儿猫性，应该趁机扑过去，替我把老鼠捉住。谁知它竟然急了，跳上碗柜，然后呼呼喷气，做防卫状。待我把老鼠赶上柜顶，懒猫从柜顶一跃而下，钻入柜底，依旧呼呼喷气，做防卫状。我一气之下，不打老鼠，回过头来打猫。太太在门外大概听到猫的悲鸣，便推门进来。于是，猫和老鼠联袂趁隙闯出，落荒而逃。所谓"养猫千日，用猫一时"，而养得太久，居然不堪一用。

然而，在太太的仁慈之下，懒猫又回到我们家。它的体重继续增加，皮毛油光闪闪。我怕有一天它会长得大如猛虎——只怕是没有猛虎的牙齿，咬不碎一根骨头，只能吃太太手中的"鱼腥饭"。无论我多愤怒还是多欢欣地回到家，无论我是仰天长啸还是埋头沉思，那只懒猫总是一径睡在树荫下，睡得那么安然，睡得那么安谧！也许它已成佛做祖，置身滚滚红尘之外；也许它已参透浮生要诀——多吃多睡，因此，无忧无虑。

狗的眼里只有你

◇管 弦

听说,你是养狗之人,爱狗至深。

你在家里用高档材质给狗做了一个窝,窝里有漂亮的狗被、狗衣服和狗帽子。每天,你都变着法儿给狗做各种美食,还用昂贵的洗护用品给狗洗澡。狗要是生病了,你必定带它去最昂贵的宠物医院用最昂贵的药品,并悉心照料陪伴。

因为有狗,你基本上不外出,哪怕确有紧急公事要出差,你也要想方设法把出差时间控制在两三天之内。而这两三天里,你每天要跟狗通上两三次电话。你是这样同狗通电话的:先把家里的座机接通,接着要家人把狗牵到座机旁,然后拼命喊狗的名字,同狗说各种甜蜜的话,让狗听到你的声音后,对着话筒狂吠。如此反复几次,你才心满意足地挂掉电话。

你的生活基本上与狗同步并互补。狗喜欢清早六点出去遛遛,你便改掉了多年睡懒觉的习惯,一定在六点之前起床,陪狗四处溜达。狗喜欢吃猪身上的物件，例如猪肺炒饭，你就经常买些猪身上的物件回来做给狗吃，狗不吃的猪物件，你就吃掉。

心理学上有一种"补偿心理"，其实是一种"心理移位"——缺什么补什么。我很惊奇你如此爱狗，是不是家里没有孩子和父母可以爱？是不是老婆也离你而去了？答案是，都有，都没离。

那你为什么爱狗到如此地步？你说，因为狗的眼里只有你。

你曾在家装过一个摄像头，记录过狗一天里单独在家的景象。你一般在早晨出门前，把狗的中餐准备好，把狗锁在家里，傍晚才回家，给狗做晚饭。那天，门锁上之后，狗对着锁上的门发出了一阵呜咽声，随后，跑到窗台边，扒着铁栏杆，看着你的身影走远，继续发出呜咽。接着，狗开始在房间内打转，很不安。估计你已到单位了，狗就开始爬上你睡过的床、坐过的椅子，不停地嗅你留下的气味，非吃饭、喝水和上厕所就不会停止嗅。直到傍晚，估计你要下班回家了，狗的心情才变得开朗，它会早早地准备好你要穿的拖鞋，站在门边等候你，听到钥匙开门的声音，狗就开始欢快地叫。你一开门，狗便递上拖鞋，再和你热烈拥抱亲吻。这一天总算安宁。

是的，狗的眼里只有你。已经被养成这样了，狗的眼里也只能有你了。

可是，眼里只有你的应该不只是狗吧？就算老婆和儿子的眼里不是只有你，那父母的眼里总会只有你吧？你说，那也不一定啊。说不定还有其他事情、其他子女或亲戚呢？

有一次，你的父亲没有吃中饭，想让你做点儿饭给他吃，你要父亲去楼下的餐馆买个快餐。而有一天，你的狗没有吃饭，你赶紧推掉所有朋友的邀约，赶回家给狗做猪肺炒饭。

狗的眼里只有你。令人感动，也令人悲哀。

好猫玄米

◇吴从周

我家里现在有三只猫,一只白,一只黄白花,一只黑白花。做一个好家长,须对三只猫一视同仁,但是黄白花的玄米是我亲手抱回来的,故有亲生般的感情。

玄米刚来的时候才足月。当时跑到北边的小区去抱来,一窝五只,只有拳头大,在桌上叫着。将五个兄弟姐妹并作一排,小毛团们摇晃一阵,四散爬去,只有它呆呆趴着不动,还未睡醒的样子。主人说这是有缘,姑且信之,于是装在相机包里兜回来。那天下雨,公交车在路上晃了两个小时,它在包里缩作一团,哆嗦到累了,就睡了过去。

小猫见风就长,转瞬成了大猫。圈养的猫,对世界的见识很少,我带回来什么,它便认识什么,此外一无所知,一些猫的技能也不大会。吃猫草,不会使用槽牙切断草茎,只管用门齿叼住往后扯,一盆猫草常叫它连根带土拖了满地。因为笨拙,它对世界每有困惑,就做歪头冥思状,然而思而不学则殆,至今也没有想出什么道理来,所以又常常耸着眉头,一脸愁容。

像所有男孩子一样,它有自己的秘密基地,藏了一切好玩的东西,譬如一只猫粮袋子,一只咬烂的拖鞋,矿泉水瓶盖子和圆珠笔。有一阵子家里买了一根逗猫棒,绳子头上系一个塑料的灰毛老鼠。玄米爱极了新玩具,奋力扑到,便叼在嘴里往床下钻。自然免不了被扯回来,它歪着头想了一阵何以不能如愿,然后继续扑,继续往床下面叼去,目光执着得像一只拉布拉多犬。

只是不知道它从哪里学来一副谦谦君子的风范,吃食从来不抢,必等白小姐吃完,才走过去领受自己的一份。有时候觉得它憋得可怜,分出一个食盆,它也远远看着,一副好猫从心所欲而不逾矩的神情。拿筷子夹肉给它,先探身闻一遍,再伸舌尖舔舔,等这道礼节走完,才尖着嘴,小心翼翼地从边角衔走。偏偏白小姐绝无此等礼数可讲,往往挤上来,果断叼走,玄米就坐下来,舔舔嘴唇,左右看看,像一个傻孩子摸着头自我解嘲的模样。

玄米今年两岁,体重9斤,毛长体肥,冬天冷,可以一边读书写东西,一边用脚把它翻过来,踩着肚皮取暖。它也不嫌烦,用爪抱着脚,大尾巴甩一甩,耐心纵容人类一会儿。最爱钻袋子,乐此不疲,又爱跑到楼上去,在人家门口打滚。带它出去,到附近小公园散步,却又怕得要死,在草坪上俯首帖耳,耳朵平伸,咪呜不停,爪子里全是汗。最怕的是去医院,知道会有打针之类的痛楚加身,清洗耳朵也是一件恐惧的事。每经历此类事情,对人的信任便略有减损,不许人抱,片刻即挣扎要走,须以好吃好喝哄上几天。

好在它不记仇。开春家里装花架,木条钉子丢在地上,我不慎踩到,血流如注。玄米围着我转两圈,伸舌头去舔脚跟的伤口,歪着头,眯着眼,非常认真。然而当天夜里,它就忘了家里有伤病员这回事,钻到一个纸袋子里玩到凌晨,扰得人无法睡觉。实在忍不住,下床开灯,它眼神炯炯地伏在纸袋子边上,向我"嗷呜"一声,飞快地钻到床底下去。

后来家里来了小猫瓜片,把灰老鼠咬坏了,细君找了针线缝起来。玄米于是整个下午蹲在灰老鼠旁,守着自己的玩具。最后那老鼠还是让小猫拖走撕碎,玄米有点儿悻悻,它伸爪拨了拨剩下的塑料壳子,歪着头,对世界老大不明白的样子。

红冠家族

◇朱天衣

那天夜半被屋外九苟树上的鸡群给叫醒,怎么呵斥也止不住它们的啼唤。从窗子往外一探,一轮满月正跃过屋顶,在无光的夜空中,完全就似日头高悬。无怪乎这群司晨的公鸡会看走了眼。

唉!我们家的这群鸡真是"无心插柳柳成荫"呀!开始时想养鸡是为了训练家里的狗儿们不抓别人家的鸡,我们家的女王狗"华光",当初就因为流浪在外,吃了邻人30多只鸡。听说每当它得手时,会把鸡甩在脖子后,以便纵逃。这行径自是让人恨得牙痒痒的,我们只得用诱捕笼把它逮回来,不然早晚会被人毒死。

把它带回家后,好生驯养,吃食不缺的它就是忘不了打野食的乐趣,只要一放风,便要到邻人处猎食。为此,也不知赔了多少钱和烟酒。之后就只能拴着养,看它在生闷气又有些不忍,便想自个儿养鸡试试,不相信它会连自家的鸡都吃。于是邻人送来三只鸡,一公两母,公的叫"红冠",它的冠长得真是鲜红欲滴,另两个女生一叫"娥皇"、一叫"女英",而它们一只黄、一只花,所以也可以是"小黄""小英"。

我们为它们一家三口准备了一只大笼子。白天任它们在院子里游走,晚上就让它们回笼子安眠。

但这红冠是打死也不肯进去,第一天用扫把赶,它老兄便飞到对岸投奔自由去了,第二天早起过河去找,怎么也寻不着,直到正午突然听到它在对岸草丛中"喔喔喔"啼叫,认准方位再次过岸用扫把一轰,它就又飞回来了。自此什么事也不敢勉强它,怕它一火又离家出走。

小黄、小英两姝真是蕙质兰心,才入住两天便一唤就来,且肯就着人的手吃食,不时还让人抱在怀里抚弄。红冠虽心高气傲不肯亲近人,却疼老婆疼得紧。平日带着两姝在院子闯荡,只要有好奇的猫狗靠近,它一定冲向前怒张着羽翼捍卫。此外若觅得美食,必发出奇特的叫声,呼唤老婆来享用。

这小黄、小英入住没多久便开始生蛋。当我第一次捧着刚生的还温热的蛋,心底真是感动。从小嗜蛋如命,吃了不知多少蛋,却第一次目睹它的生产过程,真是令人惊叹呀!而因为家里猫狗多,每回小黄、小英都要踟躇好久才选定下蛋地点。但不知怎的往往选了好久,却是最危险之处,有时竟然站在墙垣上就打算生了,且常是屁股朝外打算来个空投,害得我只能在一旁守着,等它们一下蛋便接着,不然全便宜了那些狗。但因此我也在它们眼里成了个偷蛋人,每次生完蛋,它们便会恶狠狠地回头瞪我一眼。

后来邻人劝我们,即便不宰不吃,鸡的汰换率仍高,可能的话,还是该未雨绸缪多繁殖一些当备胎。于是我们便把已收集了的蛋,托人用孵蛋机孵化,没想到成功率特高,一孵孵出了13只,有纯黑的,有米底带褐纹的,却没一只是标准小黄鸡,其中一只特皮,因背上有个阿拉伯数字"7"的花纹,所以取名叫"小七"。这只皮鸡特爱飞踢别的手足,要不就如履平地地从其他兄弟身上踏过。若有小虫飞进它们的箱子,也唯有它会半飞半跳地捍卫自己的领空。

　　一时之间,家族里添如此多口,真有些让人忙不过来。光是换它们箱底的报纸,一天就要十来回。因为它们是吃得多、喝得多,拉得也多,不时还要放它们在院子里跑跑跳跳,这时便要全程看护,幸而有两三只狗会帮忙守卫。只要有好奇猫靠近,狗儿们便会做驱赶动作,我想那意思应该是:"这是妈咪的宝贝,我不能动,你们也休想!"有时小鸡玩得欢愉,一下刹不住车,还会跳到守卫狗的脑袋上,只见狗儿动都不敢动,只待我冒着冷汗把小鸡挥赶下来,狗儿才松口气地吐起舌头来。我知道这需要多大的克制力,才能压得住狗狗捕猎的天性,这些在它们面前蹦蹦跳跳的小球,不是美食是什么?真真是难为它们了,至此,倒真的是达到当初养鸡的目的了。

猫的七种哲学

◇宋　涵

在所有的动物里，最得人类青睐的，是狗和猫。这两种动物的智商和性情，与人最为接近。其中，狗更接近人性中执着的一面，猫则更接近人性中跳脱的一面。

猫是一种天生懂得获取幸福的动物，我们无法像猫那样活得悠然自得，但也可以窥探一下猫的哲学。

猫的第一哲学，是集卖萌与性感于一身的外形。猫像一件流动的艺术品，一举一动都传递着曼妙、轻盈、流畅、敏锐与神秘。许多与美有关的领域都从猫的身上吸取灵感，我们不能否认经常会因为一个人的脸蛋而"恰好"爱上对方。我们也不能否认，猫是幸运的物种，许多人是因为猫个性鲜明的外形而爱它们爱得入迷。

猫的第二哲学是慵懒。猫的一天，平均要睡16个小时，而且猫总是擅长找一个最舒服的地方，随时蜷起来打个盹。夏天，猫会找到一个通风的阴凉之地；冬天，猫会找到火炉边或者你的大腿上；如果是在户外，猫就会懒洋洋地躺在金色阳光的地盘里，随着阳光的移动而挪动身体。

当我们见到一只猫时，它常常在酣然睡梦中，外面的世界与它无关。倒是可能有这样的情况：你在旁边看着它，过了一会儿，它把身体蜷得更紧一些，发出嘟哝声，大约就是类似第欧根尼的不满："走开，别挡住我的阳光！"

猫只有十几年的寿命，可从来不为自己三分之二的时间都在睡梦中而焦虑。不像人类，人总是觉得时间不够用，恨不得发明出能够替代睡觉的灵丹妙药来。猫也永远不会失眠，它们无限接纳并享受这一嗜睡的天赋，从不妄自菲薄。

时间嘛，就是用来浪费在睡觉上的——这就是猫的理念，并丝毫不掩饰它们在对待时间上的贵族态度。就算天塌下来，它们也不会成为工作和忙碌的奴隶。

与慵懒相对的，却是猫旺盛的好奇心，这是猫的第三哲学。猫是极其专注的，在睡眠上如此，在醒着的时候也是如此。贪睡时，雷打不动；睡饱之后，一蝶一球一针一线，空气中飞舞的灰尘，都会成为它穷追不舍的对象。作为一只猫，天生敏捷的活动能力可以带它去很多奇险的地方，以满足它的好奇心，当然它也有高估自己能力的时候，以至于也会落入举步维艰或从高空惨跌的困境。但下一次，猫还是会跃跃欲试，或许它的祖先确实教过它"猫有九条命"的常识。

与好奇心相连的，是猫常被人诟病的残忍本性。猫喜欢玩弄活物，即使不饿，也要折腾许久，直到"玩具"不再动弹。猫不是人，没有人强调的慈悲之心，它保持着完全中立的，甚至是残酷的好奇心，就像那些传说中的科学怪人，兴致勃勃地从荒野偷来死尸，进行各种解剖研究，全然不顾他人的鄙夷和惊讶。

猫还是少有的独居动物，这是它的第四个生存哲学。孤独对许多动物而言，就同饥饿、寒冷、疾病一样，是完全无法忍受的东西。为了避免孤独，人可以付出很高的代价，做出许多不明智的事情来。而猫却可以和孤独平静地相处，甚至享受独自的时空。对猫而言，众乐乐不如独乐乐。

这种独来独往，有一种清高在里面，猫才不管"抱团取暖""一个好汉三个帮""猫多好办事""整合猫脉资源"这些道理，却深得"他人即地狱"之精髓，无论你是恐吓还是谄媚，猫大多都只是轻轻地"喵"一声，转过身去，继续在窗台上看它的流云。只有在它喜欢你的时候（即使对同一个人，这种时候也不是常常会有），它才愿意与你互动一下。

猫是与生俱来的自我主义者，没有什么高于它自己。猫从来没有被真正驯养过，它没有"主人"的概念，即便你们天天在一个屋檐下，你为它喂粮铲屎，在它眼里，也不过是"这家伙还算一个不错的小伙伴哟"。

尽管猫是这样独立冷清，它也有柔软与撒娇的撒手锏。猫的肢体是如此柔韧，很少有其他动物能比得上它们。

猫是天生的舞蹈家和瑜伽师，喜欢随意而优雅地伸展或弯曲它们的身体。只是一个不经意的伸懒腰，也能让人心生爱怜。

更不要说猫是多么擅长表达需求与依赖。它会用暖和柔美的小身体紧紧贴住你，缠着你。有意思的是，猫整体的独立性为这份偶尔的缠绵增添了无比的诱惑力。它像人一样喜欢床，特别是冷天，在你上床的时候，它也会跳上来，枕在你的胳膊上或头发上，发出无比幸福的咕噜声。它的幸福是如此真挚，以至于你心甘情愿当它的人肉枕头，一动不动，只为了感受这暖暖的宁静的惬意。

猫撒娇，不会让你感觉它是在索取什么东西，而是让你体会到彻底的甜蜜，这就是猫的天赋。

如果你仔细观察一只猫，你会发现，它永远遵从"活在当下"的原则。猫没有太多记忆的负担，也没有太多期望的负担，它总能随遇而安，找到自己能接受的方式生存下去。

猫不依恋过去，也不恐惧未来。家猫不会讨好主人，它不怕主人因此而嫌弃它、抛弃它，它似乎从来不为未来担忧。一只宠物猫即使有一天流落街头，也绝不会为命运的落差而伤心落魄，不会苦苦地怀念过去的时光，它很快就会恢复猎手的本性，成为一只大展身手的流浪猫。

无论是走在昂贵的地毯上，还是走在垃圾桶的边缘，猫们都坦然自在地接受"此时此地"的生活。我们看到的流浪狗通常是垂头丧气的，但流浪猫却总是趾高气扬，毫无自弃之情。就像猫经常做的动作：轻轻一跃，猫就跃过了许多执着的动物所念念不忘的苦难与烦恼。

猫最后的哲学是它的矛盾与复杂性。是的，猫不是一眼能看透的，你以为它清高，那是因为你没能见到它缠绵的一面；你以为它喜欢你并开始依赖你了，过几天不见它又把你忘得一干二净；你以为它是天真的小甜心，其实它也是冷酷无情的杀手；你以为它不过是懒惰的蠢物，其实它能神秘地感受到你的情绪频率，只是懒得对你做评判。

猫不死忠于什么人或什么价值观，它们是游走于两端的动物，不勉强自己，没有什么"非此不可"的强迫症。猫最大限度地追求舒适、有趣和享受，也很懂得大刀阔斧地做减法，只保留最感兴趣的几件事。

　　人常常以自己的主观意愿去评价大自然的作为和动物的天性。其实我们也不过是自然的一部分，动物的一分子。当我们以更全面的眼光去看待其他动物，也会更客观地看待自己，我们的丑陋与美好，比起其他物种，都更触目惊心。不要忘记人也是动物的一种，这一点其实很重要。

洪先生一家五口的幸福生活

◇碧空如洗的欢喜

洪先生与洪太太是一对恩爱夫妻,膝下一女,年方二十,出落得如花似玉。洪太太谈吐风趣,好花草,经她侍弄的花草,都如同遇知音一般,精神抖擞,极尽繁茂。一家人住在庐州城北一小区里,简朴的两居室,虽无家私巨万,生活却朴素安逸,人生之清欢,恬静如水。

但在我看来,洪先生一家并不只是三人,而是五口。个中原因,无他,实因洪家还有猫咪两只。

黄猫"萌萌"因其来家时奄奄一息的样子,极像当红电影《赤壁》里被林志玲嗲声唤作萌萌的那匹马,遂名曰:萌萌。

黑猫"墨墨"是洪太太在上班路上捡的流浪猫,其时骨瘦如柴,脸长得也丑,拎到办公室同事们都避之不及。看着它乌黑一团,性格又有点儿内向,就喊它"墨墨"。抚养日久,才发现它还身有残疾:耳朵听不见,腿脚也不利索,连椅子都跳不上去。

两只猫少小离家，吃了不少苦头，都把洪太太当作亲人，像小孩儿一样跟随左右，每当洪太太在厨房忙活，萌萌便做活泼可爱状环绕脚下，而墨墨则在客厅玩耍，时不时在门缝外偷窥，生怕那擅长撒娇的黄胖子得了什么好处。

及至开饭了，一家五口全到齐了，两猫专享其鱼汤拌饭，偶尔调皮，伸头看桌上有些什么新鲜物件，洪太太常爱怜地从口中省下一点儿递到它们跟前，两猫争着抢食。

若值春寒料峭，两猫玩到半夜，也要钻进洪太太的热被窝去睡一觉。钻就钻吧，还要"敲门"，即用那冰凉的爪子往洪太太的脸上一搭，洪太太便迷迷糊糊地把被子掀开一角，两猫鱼贯而入，各找空地卧倒。

假若洪太太偶尔出个门，一两天回不来，两猫便无精打采，饭草草扒拉两口，连平时乐此不疲的追逐打闹游戏，玩了两遍，也觉意兴全无。昏沉沉地不吃不喝不拉不玩，心灰意冷、颓废凄凉如同失恋。直至洪太太推门而入，黄的顺着洪太太裤管直爬到她肩膀上，拿脸使劲蹭着，充满久别重逢的惊喜；黑的站在地上仰着脸拼命"喵喵"叫，竖着的尾巴激动得直抖。

两只猫中，阜阳猫萌萌健壮开朗，天真烂漫，不愧是从北方来的，豪爽得很，连大馍也吃，性子又急，饭刚端过来就直扑过去，常被饭粒粘在鼻尖上烫得直甩头。而土著猫墨墨，就不愿吃大馍，遑论面条。虽然很饿，也讲究个风度，等那黄胖子试过冷热之后，才慢条斯理地踱过去。不仅吃饭如此，墨墨对很多事都保持一种淡泊的状态，就连眼睛都有一只是半睁不睁地斜睨着，貌似名士派头。

这些猫，如同洪太太养的那些花儿，样貌不同，秉性各异，各有其可爱可怜之处。既在一处，便尽心善待它们，于己，得到一种极单纯的快乐；于世间，也添了一些温饱，一些趣味。

洪先生平凡的一家五口，人尽其安，猫尽其欢，花尽其妍，人生若此，夫复何求呢？

家有三只猫

◇六　六

老大是十二年前从新加坡大街上捡回来的，培养出深厚的感情，儿子偶得都知道不与其争，老猫到今年也是近70岁的老人了，年老色衰，体力不支。出于多年专宠，依旧享有一天六只大虾的正部级待遇。她现在就指虾度日，猫粮不怎么吃，早晨唤醒我的不是闹钟，而是老猫，我眼未睁圆就跌跌撞撞地去厨房给她拿虾。

最近陆续收了两只小的，老二是在汤池写作时，被央求着收留的。收她时年纪不大，也就一月有余的生命，却被数度遗弃，大冬天的总站在街头等人施舍食物，饿得皮包骨头。我因不会在汤池久居，心里一直犹豫着要不要收留她，只答应收养她到写作结束便还给医院照顾。但老二约是太渴望有家，或者知道自己命运坎坷，从进宾馆第一天起，放下她，就径直走到我们为她准备的尿盆里撒尿拉屎，一点儿不麻烦我们，也不让宾馆的人讨嫌她，所以就给自己挣来了父母。我们带她回上海的时候，旅途艰难，要先去杭州参加同学年会，再把她从杭州运回上海。开始都担心她不能适应长途跋涉，谁知她表现中规中矩，去异地也不生病，小命很是顽强，终于在上海安家落户了。

机遇就是这样，没几天，另一朋友家生出一窝小猫，我通知要猫的朋友帮她要一只。等我去领的那天，朋友忽然改口说不要了，但我答应了人家去取，做不出拒绝的事，跟秀才商量后，还是把小三领回了家。这一领，任谁来要，都不给了。

小三就是典型的靠刷脸就能生活的孩子。无论哪个世界，长得好看的一定占便宜。小三皮毛灰茸茸的看起来像貂皮，天庭饱满五官秀美，虎头虎脑，肉肉墩墩。鼻尖粉粉，舌头嫩嫩，往你身上乖乖巧巧一坐，你心都酥了。我一个不爱照相的人，现在手机里全是她的相片。

老二以前找老大玩，因有代沟，老大不爱搭理她，她很寂寞，现在来了老三，两人瞬间打得火热。小三既不怕人也不怕猫，她天生就知道自己会被宽容。来了就用老大老二的饭盆水盆，她吃的时候还要嘴里啃着猫粮，脚丫占着水盆。若是如厕，肯定是等新盆换干净了，一个盆里小尿一泡，把两个干净盆都做上标记。总之，漂亮就可以为所欲为。

小三很会撒娇，跟老二你追我打的时候，一路拍人脑袋踩人尾巴占人便宜，但真把老二惹毛了，眼瞅着自己要吃亏了，就一路撒丫狂奔回我的身上，让我训斥老二，脸上扬扬得意。我心里知道，小三把一切尖儿都占了，老二是受气包。

小三嘴很欠，来了没几天就把家里的小电线都给咬断了，秀才舍不得管，前两天势态向严重方向发展，我发现老二也跟小三学，开始咬电线了，她的牙口比较好，直接去咬粗电线，我急了，上去抓住她就往地上摔，大声吼她，把她给吓得瑟瑟发抖。我是真怕她给电死。手机线不危险，接线板可就不一定了。老二是个有眼色的、懂得察言观色的孩子，她不知道为什么小三能做的事，她就不能做，但她知道三个孩子里，她是唯一一个被妈妈吼过的。所以她总是躲我远远的，尽量不招惹我。

老大多年贤淑，喜静不闯祸。她唯一的嗜好就是吃虾。家里孩子多了，喂不起那么多虾，我现在给老猫喂虾前，将两只小的关起来，等老猫吃完再放出来。二猫让我明白一个英文单词：streetsmart（生存智慧）。她生下来就被遗弃，能活下来全凭毅力加聪慧。她两次便发现我若拿钥匙逗她捉她进屋，一定是在喂老猫大虾。几次以后便骗不着她，只要老大开始在我腿边缠绕，她便躲藏在沙发角。她以前大约受虐过，不敢抢吃的，只等老猫吃完，她舔地上的残渣。

小三是典型的胸大无脑，也就是说漂亮女人其实是不必有思想的。她经常被老二教唆着当枪使。盆里没食碗里没水了，老二要上厕所但便盆脏了，便怂恿小三去找我。因为老二看得出，哪怕在我睡得最熟的时候，小三拿舌头舔我或咬我耳朵，我都不会发火。小三会拿出娇俏的样子耍宝卖萌让我心甘情愿伺候她。

最近关两个不管用了，一只比一只难抓。我一喊老大的名字，三只猫会从不同房间飞奔出来把冰箱门守好。

我只能换策略，把老猫引到厨房，关起门来喂虾，留两个小的在外疯狂挠门。有时候开门早了，老二便蹿进来远远等着，老三不管三七二十一，只管从老猫嘴里抢了吃。我有时候心里会不忍，丢个最小的虾给老二，老二像乞讨要饭的一样，叼了便躲在角落里吃，不让人看见。刚才厨房一阵爆响，我过去一看，盛虾的乐扣摔碎了，满地玻璃碴儿，虾在地上。我怒了，暴打老二，老二一脸认罚知错样被我丢在门外。

小三则从洗衣机肚里探出头，一脸无辜样。我很轻易就原谅她，还怕她被扎，踏过满地玻璃碴儿，一把抱她过来。其实我主观上已经认定坏事都是老二干的，即使是小三的错，也迁怒于她。但老二宅心仁厚，既不记恨我，也不报复小三。昨天我无意间把小三关进厕所，老二就一直守在门外，把手指从门底缝内伸进去，安慰孤独的小三，任自己屁股蹲在冰凉的大理石上。

天冷了，大多时候，小三蜷缩在老二怀中，老二怕她冷，给她当肉被。

老大内心里认定我是亲人，总不离我左右。老三长得漂亮又小，总娇在我怀中。只有老二，有些怕我，又很懂事，思忖着宠爱这样的事轮不到她，于是在我的照片里，她总是那个远远趴在凳子上，远离父母怀抱，独自缩成团的那个。有时候我心疼去抱她，都能感觉她内心的复杂，又想让我疼，又害怕我会不会打她，浑身不自在，一旦被我诚惶诚恐抱上，便柔顺得如小媳妇一样竭尽温柔之能事地舔我。从猫这里我就知道，父母的爱没有公平的，内心早有取舍，孩子心里都懂。

孩子若生得多，一群里，一定有一个这样吃苦耐劳，野草一样好养活的，所费父母心思精力和金钱不多，却是父母依仗的对象，未来给父母养老。我要对夹心饼老二好一点儿。若是子女，她才是最终那个照顾我的孩子。

孝　猴

◇吕保军

古壮乡崇左村，住着个热心肠的叶婆婆，她粗通医理，能为乡邻治跌打损伤，平时摊上谁家有红白事需要帮忙，叶婆婆总是第一个到达。

这天，叶婆婆帮乡邻忙完一场白事，刚想回家歇息，忽见有人跑来说："不好了，出殡队伍遭到猴子袭击了！"原来，全身缟素的出殡队伍正往山里走，突然从山坳里蹿出一群猴子，冲上来就撕扯孝服孝巾，把孝子贤孙们的脸和手臂都抓破了。送殡的人们不得不暂停躲避，直到泼猴们闹腾够了才上路。

"造孽呀！"叶婆婆听了连声感叹。

第二天清晨，叶婆婆就背着药篓进山了。刚走进山坳口，迎面跑来一只小猴子，望见是叶婆婆，"吱吱"尖叫了几声，掉头就跑没影了。不一会儿，小猴子拉着一公一母两只大猴子回来了，猴子一家三口扑倒在叶婆婆脚下，纳头便拜。原来，上个月叶婆婆进山采药草,遇到这只小猴子跌断了腿,便主动上前为它医治。在叶婆婆眼里,这些顽皮的猴子就像自己的孩子,虽然淘气却不失可爱。有时,她会带些苞米棒子、花生之类的,故意丢在猴子出没的地方,哪承想猴子吃完之后,竟摘了些山桃野果悄悄放进她的背篓里。谁说异类不可教化?猴子也懂得人情往来呢。

叶婆婆看到猴子全家对自己感恩,不禁欣慰地伸出手去,摩挲着猴子的头,就像拍抚着儿孙的脑袋。这时候,又有无数只猴子围上来,撒娇似的冲叶婆婆叫着闹着,乱作一团。有的猴子头上还顶着昨天抢来的白孝巾,模样滑稽得很。叶婆婆笑着说:"好啦好啦,我的乖孩儿们,以后不许再抢人家的孝衣啦!都要听婆婆的话,婆婆自然会疼你们的,明白吗?"说也奇怪,这些猴子似乎听懂了她劝诫的话,此后果真一次也没再骚扰过送殡队伍。

叶婆婆更高兴了,出入大山也更勤了。每天在她采药草的时候有群猴做伴,累了歇息的时候就顺便为它们一一检查伤病,更多时候,叶婆婆也会情不自禁地把隐埋心底的那些孤寂愁烦,一股脑儿倾诉给猴崽子们听。一位老人与一群猴子,相处得非常融洽。

后来,叶婆婆生病了,好多天没进山。有几只胆大些的猴子,竟然跑到叶婆婆家里来了。邻居们见猴子进村,还以为它们要祸害庄稼,没承想这些猴子根本没有到处乱跑,只在叶婆婆家里进进出出。好奇的人们隔着窗棂往里一瞅,好家伙!猴子们不但为叶婆婆端茶倒水,还有的正为她干杂活呢。当它们察觉到有围观者在指指点点的时候,霎时像个害羞的小孩子,屁股一扭一扭地跑远了。

十多天后,叶婆婆的病情骤然加重。好心的邻居们纷纷前来,为她抓药熬药,陪她拉呱解闷。忽然之间,只听窗外由远及近,传来一阵"吱吱哇哇"的叫声。邻居们打开房门,一下子惊呆了:

只见院里站满了大大小小的猴子,每只猴子的手上,都捧着一大把药草。它们一见房门打开了,都齐刷刷地将药草投掷进来,地上霎时堆起了一座小山。病床上的叶婆婆感激得满脸是泪,她多想伸出手去,再抚摸一下这群可爱的猴崽子,她那虚弱至极的身子似乎想往起挣,努力地往起挣……所有的猴子都无限悲伤地"吱吱"尖叫着,一个个急得抓耳挠腮,上蹿下跳个不休。这场面,这情景,在场的人没有一个不落泪的。

这天半夜,叶婆婆悄然走了。天亮后,赶来送葬的村民们惊讶地发现,院里的猴子或蹲或趴,全都出奇安静地守在那儿,竟然一只都没走。只不过,仿佛一夜之间,它们头上的毛发全变白了,仿佛个个头上都顶着一方孝巾。

每个人都在感慨:你们看,猴子多么有情有义呀!它们莫不是在为叶婆婆戴孝吗?

从此,人们都管这群猴子叫"白头叶猴"。

头鹤的尊严

◇李 理

我喜欢在自然界里观察野生的鹤,也看到过很多种鹤。我去过云南的拉市海和纳帕海,见到过黑颈鹤,去东北见过丹顶鹤、白鹤、白头鹤、白枕鹤……可我最喜欢的,还是全球15种鹤里最普通的一种鹤——灰鹤。

至于原因,可能是它经常和我们朝夕相处有关。

一个大雪纷飞的冬天,我们像往常一样在保护区一带进行日常巡护。巡护车开过一片开阔的芦苇荡,我用双筒望远镜查看四周,发现远处平坦的滩涂中有一个小的凸起物。当我停下车仔细查看时,发现它好像在动。

我觉得这是异常现象,马上往滩涂中走去。泥泞的湿地让我寸步难行,泥浆把我脚上的靴子都盖上了。我不得不停下脚步,再用望远镜看一看那物体。这下看清楚了,原来是一只灰鹤!

在泥浆中,那只灰鹤艰难地从爬卧状态变成站立姿势,虽然站立后有些不稳,一边的翅膀有些松弛,初级飞羽沾满了泥浆。

从我多年的保护经验来看,它的翅膀骨骼垂落,可能是断了,可能再也无法飞翔了……

我继续朝它的方向前行,随后它也往远处走,好像在和我特意保持着一种距离。我怕它远离我后再受到伤害,便拼命追赶它,把脚一次次从没过膝盖的泥浆中费力拔出……

终于,在离它只有3米远的地方,我在泥浆里用力一扑,把它抓住了。

它用力扑腾,想摆脱我。它的力量非常大,一下子我和它都摔到了泥里。就这样,我们僵持了20秒,最后,我再次把它抱在了怀里,这回我用手攥住了它的嘴,它的眼睛一眨一眨地使劲看着我,我也看着它。

救助鸟类这么些年,我是头一次碰到这么有个性的灰鹤。当我打开巡护车的门,要把它放进救助笼中时,我发现它看我的眼神好像在说:"我不需要救助,我要在自然中优雅地死去。"

我静静地看着它的眼睛,被它这种眼神深深打动。于是我关上车门,带它来到水库边一个干净的水域旁,把它羽毛上的泥清洗了一下。洗干净后,我松开了双手,说了一句:"祝你好运。"

它一下子用它那长而有力的双脚一弹,从我背后跑到了水边。它头也不回地走了大约50米远,停住了,开始整理羽毛。看得出,它越来越高兴,越来越放松了,还时不时地抖动羽毛。看到我没有跟过去,它在那里悠闲站立着。

此后,我每天都来这里看它。它优雅的脚步是那样高贵,那样与众不同。可慢慢地,它的脚步越来越沉重,直到第四天,我看它时,它也看着我。天上其他灰鹤在上空飞过时都对它鸣叫,它却专心对着我鸣叫，鹤声嘹亮、悦耳。

就这样，那天日落之前，它趴下了。我用望远镜看着它，没有任何挣扎，也看不出任何痛苦，它优雅地死去了。

我给了它自己选择的机会，因为翅膀断了，被救助后也无法重返自然，只能在救助笼中生活，由工作人员养老送终，而这只灰鹤，个性如此顽强，那就尊重它的选择吧……

从那时起，我记住了灰鹤与人保持的距离，100米左右，这是我现在经常给志愿者强调的人与灰鹤的警戒线距离。

直到现在，每年都有万余只灰鹤在我面前降落，每一次，听到灰鹤鸣叫，我都会感觉幸福。

后来，当地有个放羊的老人给我讲了一个类似的故事，放羊的老人说，这样的，就是头鹤。

第二章 有你如此，怎容辜负

黑 头

◇冯骥才

这儿说的黑头,可不是戏曲里的行当,而是条狗的名字。这狗不一般。

黑头是条好狗,但不是那种常说的舍命救主的"忠犬、义犬",这是一条除了它再没第二的狗。

它刚打北大关一带街头那些野狗里出现时,还是个小崽子,太丑!一准是谁家母狗下了崽,嫌它难看,扔到这边来。扔狗都往远处扔,狗都认家,扔近了还得跑回来。

黑头是条菜狗——那模样,说它都怕脏了舌头!白底黑花,花也没样儿,像烂墨点子,东一块西一块;脑袋整个是黑的,黑得看不见眼睛,只一口白牙,中间耷拉出一小截红舌头。不光人见人嫌,野狗们也不搭理它。北大关挨着南运河,码头多,人多,商号饭铺多,垃圾箱里能吃的东西也多。野狗们单靠着在垃圾箱里刨食就饿不着。可这边的野狗个个凶,狗都护食,不叫黑头靠前。故而一年过去，它的个子不见长，细腿瘪肚，乌黑的脑袋还像拳头那么点儿。

北大关顶大的商号是隆昌海货店，专门营销海虾河蟹湖鱼江鳖，远近驰名。店里一位老伙计商大爷，是个敦敦实实的老汉，打小在隆昌先当学徒后当伙计，干了一辈子，如今六十多岁，称得上这店里的元老，买卖水产的事比自家的事还明白。至于北大关这一带市面上的事，全都在他眼里。他见黑头皮包骨头，瘦得可怜，时不时便叫小伙计扔块鱼头给它。狗吃肉不吃鱼，尤其不吃生鱼，怕腥；但这小崽子却领商大爷的情，就是不吃也咬上几口，再朝商大爷叫两声，摇摇尾巴走去。这叫商大爷动了心。日子一久，有了交情，模样丑不丑也就不碍事了。

一天商大爷下班回家，这小崽子竟跟在他后边。商大爷家在侯家后，道儿不远，黑头一直跟着他，距离拉得不近不远，也不出声，直送他到家门口。

商大爷的家是个带院的两间瓦房。商大爷开门进去，扭头一看，黑头就蹲在门边的槐树下边一动不动地瞧着他。

商大爷没理它，关门进屋。第二天一天没见它。傍晚下班回家时，黑头不知啥时候又出来了，又是一直跟着商大爷，不声不响送商大爷回家。一连三天，商大爷明白这小崽子的心思，回到家把院门一敞说："进来吧，我养你了。"黑头就成了商家的一员了。

邻居们有点儿纳闷，商大爷养狗总得养条好狗；领野狗养，也得挑一条顺眼的，干吗把这么一个丑东西弄到家里？天天在眼皮子底下转来转去，受得了吗？

商大爷日子宽裕，很快把黑头喂了起来，个子长得飞快，一年成大狗，两年大得吓人，它那黑脑袋竟比小孩儿的脑袋还大，白牙更尖,红舌更长。它很少叫,商大爷明白,咬人的狗都不叫,所以从不叫它出门,即便它不咬人,也怕它吓着人。

其实黑头很懂人事,它好像知道自己模样凶,决不出院门,也决不进房门,整天守在院门里房门外。每有客人来串门,它必趴下,把半张脸埋在前爪后边,不叫人看,怕叫人怕,耳朵却竖着,眼睛睁得挺圆,决不像那种好逞能的家犬,一来人就咋呼半天。可是一天半夜有个贼翻墙进院,它扑过去几下就把那贼制伏。它一声没叫,那贼却疼得吓得叽哇乱喊。这叫商大爷知道它不是吃闲饭的,看家护院,非它莫属。

商大爷常说黑头这东西有报恩之心,很懂事,知道怎么"做事"。商大爷这种在老店里干了一辈子的人,讲礼讲面讲规矩讲分寸,这狗合他的性情,所以叫他喜欢。只要别人夸赞他的黑头,商大爷辄必眉开眼笑,好像人家夸他孩子。

可是,一次黑头惹了祸,而且是大祸。

那些天,商大爷家西边的厢房落架翻修,请一帮泥瓦匠和木工,搬砖运灰里里外外忙活。他家平时客人不多,偶尔来人串门多是熟人,大门向来都是闭着,从没这样大敞四开,而且进进出出全是生脸。黑头没见过场面,如临大敌,浑身的毛全竖起来。但它又不能出头露面吓着人,便天天猫在东屋前,连盹儿也不敢打。七八天过去,老屋落架,刨槽下桩,砌砖垒墙,很快四面墙和房架立了起来。待到上梁那天,商大爷请人来在大梁上贴了符纸,拴上红绸,众人使力吆喝,把大梁抬上去摆正,跟着放一大挂雷子鞭,立时引来一群外边看热闹的孩子连喊带叫,拥了进来。

黑头以为出了事,突然腾身蹿跃出来,孩子们一见这黑头花身、张牙舞爪、凶神恶煞的怪样,吓得转身就跑。外边的往里拥,里边的往外挤，在门里门外砸成一团，跟着就听见孩子又叫又哭。

商大爷跑过去一瞧，一个邻居家的男孩被挤倒，脑袋撞上石头门墩，开了口子冒出血来。邻居家大人赶来一看不高兴了，迎面给商大爷来了两句："使狗吓唬人——嘛人？"

商大爷是讲礼讲面的人，自己缺理，人家话不好听，也得受着。一边叫家里人陪着孩子去瞧大夫，一边回到院里安顿受了惊扰的修房的人。

这时，扭头一眼瞧见黑头，心火冒起，拾起一根杆子两步过去，给黑头狠狠一杆子，骂道："畜生就是畜生，我一辈子和人好礼好面，你把我面子丢尽了！"

黑头挨了重重一击，本能地蹿起，龇牙大叫一声，那样子真凶。商大爷正在火头上，并不怕它，朝它怒吼："干吗，你还敢咬我？"

黑头站那儿没动，两眼直对商大爷看着，忽然转身夺门而去，一溜烟儿就跑没了。商大爷把杆子一扔说："滚吧，打今儿别再回来，原本不就是条丧家犬吗？"

黑头真的没再回来。打白天到夜里，随后一天两天三天过去，影儿也不见。商大爷心里觉得好像缺点儿什么，嘴里不说，却忍不住总到门外边张望一下。这畜生真的一去不回头了吗？

又过两天，西边的房顶已经铺好苇耙，开始上泥铺瓦。院门敞着，黑头忽然出现在门口。这时候，商大爷去隆昌上班了，工人都盯着手里的活，谁也没注意到它。

黑头两眼扫一下院子，看见中间有一堆和好的稀泥，突然它腿一使劲，朝那堆稀泥猛冲过去，"噗"地一头扎进泥里，用劲过猛，只剩下后腿和尾巴留在外边。这一切没人瞧见。

待商大爷下晌回来，工人收工时，有人发现这泥里毛糊糊的东西，拉出来一看，大惊失色，原来是黑头，早断了气，身子都有点儿发硬了。它怎么死在这儿，什么时候死的，是邻居那家弄死后塞在这儿的吗？

大伙猜了半天说了半天，谁也说不清楚。半天没说话的商大爷的一句话，把这事说明白了："我明白它，它比我还要面子，它这是自我了结。"随后又感慨地说，"唉，死还是要死在自己家里。"

弃猫：给我前任主人的一封信

◇［西班牙］冈萨雷斯

我永远不会忘记我们分离的那一天。或许是因为我一向讨厌坐车，而那天你还把我留在了动物收容所。我本以为你是带我去看可怕的兽医的——虽然我三年没见他了，但他仍在我心里阴魂不散——但是，不，那天的旅程更加糟糕。那天，你把我带去了动物收容所。

你甚至无法凝视我的双眼，也没有回复我在后座发出的呼唤。当你带我去看兽医，我在后座的宠物笼里呼喊时，你总会说："嘘，亲爱的。"但那天，你什么也没说。我们在沉默中穿过城镇，你甚至都没有把收音机打开。我不明白我做了什么，不明白为什么你连话都不想跟我说。我一直都是个乖女孩。我上厕所都是在自己的砂盆里，我试着不爬我不应该爬的桌子，不把桌上的东西打翻在地，我甚至克制自己不去抓伤你的沙发。但如果你能给我买一个猫抓板，我就不必去抓你的沙发了，这不就万事大吉了吗？

你把我的笼子拿到车外。在你推开收容所的大门前我就意识到,这地方不妙,非常非常不妙。当你带着我朝收容所刚走几步时,我发达的嗅觉就向我通风报信了。但我知道你应该也闻到了,因为我发誓有那么一瞬间你停下了脚步,差点儿就掉头了。我想你可能拐错弯来错地方了,因为我是你的忠实伙伴,你肯定不会把我留在这种地方。你会转身,把我放回车内,开车载我回家,然后晚点儿我们会就你本来要带我去宠物店挑玩具,结果却开车去了收容所这件事好好笑笑。

我的人类,我知道对你来说这听起来很诡异,但是在我们进入那间收容所之前,我就能感受到每一只死在那里的动物的痛苦和孤独。那里的猫宝宝和狗宝宝从未体验过主人的爱,而且——更糟的是——它们也从未体验过那些被主人抛弃了的猫咪和狗狗的渴望。那些动物本来明白家庭的喜悦,明白与挚爱的人类共享生命的喜悦,但是最终,因为种种原因,它们被送到了这栋可怖的建筑里。我愿意相信,你也感受到了那种痛苦,相信正是那种痛苦让你在开门之前停下了脚步。但是因为种种原因,你还是打开了门。

"这不可能。"当你和另一个人类讨论"文件"(管它是什么),而我被放在大厅,安静地坐在自己的笼子里时,我对自己这样说道。我想你跟他们说你要搬家了,或者你对我过敏(即使我们都共枕五年了你还从没因此打过喷嚏),又或者你交了新男友但他不喜欢我。我真的不记得了,我当时正忙着闭眼,让自己从这个噩梦中醒来。在大厅里,我旁边的那只猫正疯狂地挠着它笼子的门闩试着逃走,而我心想,也许,只是也许,如果我向你展示我是多么乖巧,你就会改变主意带我回家。所以我一声没吭。我把我的前爪盘在身子底下,试着把自己藏起来,心想如果他们看不见我,他们就会认为你是个疯子。当你跟他们说"我要你们收下我的猫"时,他们就会笑话你,因为显然你提来的笼子里面并没有猫。

在这个寒冷坚硬的笼子里,我换了个蹲坐的姿势——都要离别了,你甚至没有为我铺一层毛巾。我记得,从我还是一只小猫开始,这个笼子就是我的休息之处。当你出门工作我便在家等你,那等待就像永恒一样漫长,我就会在笼子里打个盹。

然后他们带走了我。你甚至没有跟我道别。我看向你的脸,希望能找到一丝证据证明你不得不这样做,证明不论出于何种理由,你认为这是正确的选择,但是把我留在这个一进门就有一股死亡的味道扑面而来的地方你也很伤心。然而你背过身去,然后你离我而去。

这才是最糟糕的。

让我来给你讲讲这个收容所吧,人类。这儿有好人,也有坏人。这里的噪声很大。啊!噪声啊!当你熬夜看电视或者在厨房里叮叮当当,而我正很努力地想要打个盹时,我总会不爽。但是收容所的噪声简直是惊天地泣鬼神。再一次,我紧闭双眼,想要从这一噩梦中醒来,希望一睁眼我就身处你的沙发上,而你正爱抚着我的脑袋说:"嘘,好了好了,你只是做了个噩梦而已。"但是,你再也没出现,我也无法从这一噩梦中醒来。

所有的动物都知道,这不是个好地方。那些狗狗从不停歇,它们夜以继日地咆哮着、尖叫着、呐喊着。这里的工作人员和志愿者们试着带它们出去散步,和它们玩耍,它们便安静点儿了。但是这里的狗狗太多,人类太少,最后那些狗狗非常恼火,绝大部分时间都在发出各种噪声。

猫咪也是这样。它们叫喊着,它们咆哮着。我从没听过其他的猫发出这样的声音，而我一直认为自己是很有音乐天赋的。它们发出的声音非比寻常。我们都很害怕，一些猫咪只是一个劲儿地叫喊着、叫喊着，希望有人会把我们从笼子里放出来，带我们回家。

但是，在大多数时间里，我仍是安安静静地坐在我的金属笼子里，心想如果我能做个乖女孩，或许你会回来把我接回去。

有时候，会有人类偷偷地给我们带好吃的，他们就是那些自愿在空闲时陪伴我们的志愿者。我们的数量太过庞大，即使是最好的志愿者也无法一直陪伴我们，但是他们确实在努力这么做。他们真的很温柔，即使是面对那些在收容所里受惊过度的猫咪也是如此。我们之中，大多数都是受惊过度的。

这里还有一些好心的医生，一些工作人员也很和善。但是大多数时间里，我感觉有许多戴着手套的人类朝我们这里戳戳那里戳戳，然后在写字板上写下我们的信息。

每到深夜，当收容所里只有清洁人员，可能还有一个无事的兽医在徘徊走动时，我会和我周围笼子里的猫咪们聊天。它们会告诉我它们的人类，它们的家，它们从哪儿来以及为什么会来到这里。我也告诉了它们我的故事，我说，我只是不知道为什么我的人类要把我留在这里，但我希望知道我错在哪里，因为我从没想要惹我的人类生气。

有些猫咪以前也在这里待过。有些在来这儿之前一生都在街上流浪。有些根本不喜欢人类，那些通常都是先走的猫咪。它们去了收容所后部的那个"房间"。一旦你走入了那里，你就再也回不来了。

我很遗憾，我们之间的问题仍没解决，我的人类。我仍然不知道我到底做了什么让你决定把我送到这个可怕的地方，但是我并不生气。

这里好极了。我们有许多好玩的玩具、猫爬架、猫抓板,这里的食物也相当不错,不会像你以前借口没时间去宠物店时给我吃的那些食物那样让我的胃翻江倒海。

当我想玩时,我可以和这里的兄弟姐妹们玩。但是大多数情况下,我更喜欢爬上人类挂在窗户上的吊床,趴在那里看外面的小鸟。

我承认,有时当我看向窗外时,我会想你在做什么,我的人类。

不论你在做什么,我希望你快乐。我希望你不要担心我。我希望你不要再养猫咪,除非你确定这一次你愿意永远照顾它,因为我不希望几年之后你再把另一只猫送去收容所,就像当你决定我与你的生活格格不入时,你对我做的那样。

陆机的"黄耳"

◇陆布衣

黄耳是一只名狗,是西晋文豪陆机非常喜欢的一只狗。

南北朝时期的大数学家,就是那个将圆周率推算准确到小数点后七位数字的祖冲之,他还写有文学作品《述异记》,这部作品里就有黄耳的传奇。

陆机家是上海松江的豪门,年轻的时候,也很有公子派,喜欢游览射猎,后面跟着一群马仔,奔东驰西,感觉超好。有个门客见此,献给他一只跑得很快的狗,名字叫"黄耳"。

黄耳异常机灵,能听得懂人话,它的到来,使陆机的射猎活动成就感很强,每每收获不小,陆机离不开黄耳了。

陆机到洛阳做官的时候,有一回,朋友要借黄耳出去玩玩,一下子带到三百公里远的地方,那朋友事情还没办完,黄耳不见了。朋友忐忑地返回,却见黄耳早就在陆机身边悠闲自在了,陆机笑笑讲,黄耳只用一天就返回了。

陆机在京城的公务很多，事务很忙。有一天，他忽然对黄耳嘀咕道："我们离开松江已经好长时间了，长久没有家里的信息，我很焦急，你不是很能干吗，你能不能带着我的书信回一趟松江的家中啊？"黄耳一听，欢喜地摇着尾巴，叫着答应了。陆机写了一封家信，用竹筒密闭好，再将竹筒系在黄耳的脖子上。

黄耳沿着公路（公家送公文的大路）一路飞跑。

饿了怎么办？晋朝的生态非常好，路边的草丛中，有不少小动物，随便弄点儿就可以填饱肚子。碰到大河怎么办？你看看黄耳怎么搭渡船的：跑到摆渡人的身边，对着他贴耳摇尾，这样可爱的狗，谁不喜欢呢？摆渡人想，遇见狗是吉利事，有财运呢，带回家！船刚刚靠岸，黄耳却纵身一跳，迅速跑掉。

黄耳终于跑进了陆机家中。陆家人打开竹筒，读到了陆机的家信。黄耳却对着陆家人叫唤，陆家人自然明白：是要我们写一封回信。

思念的家信写完，重新装进竹筒，黄耳用更快的时间返回洛阳。松江到洛阳，人走一趟，至少五十天，而黄耳来回只用了十五天。

黄耳终究有老死的一天。黄耳去世后，陆机用衣服和棺木装殓了它，并派人将黄耳送回松江老家，埋在陆机所在村庄的南面，离陆机家只有两百步距离，而且，他们将黄耳的坟也堆得很高很大，村里人都叫它"黄耳冢"。

黄耳，就这样成为代代传颂的名狗，成了狗的好榜样。

我爱你"而已"

◇短痛少年

我有个"小老公",他比我小了十岁。我对他很好,我老妈常对我说:"别对它那么好!它不过是只狗而已!"

后来我决定给它取名"而已"。这是为了提醒它,它虽然是只狗,但绝不只是一只狗而已。

而已不是我买来的,初三暑假的晚上我和朋友聚会半夜才回来,发现这个小东西趴在我家门口。它耷拉着眼皮,好像下一秒就要昏睡。我"汪汪"了两声,它丝毫没理睬。我心想,不错,有骨气!绝不被人呼来喝去。我把它抱回家,从厨房里给它拿了些酱牛肉和排骨。它突然起身围着食物转了转,嗅了嗅,看了看我,立马狼吞虎咽起来。

那晚我把它抱回房间,丢了一个枕头在地上示意那是它的床,它围着枕头绕了两圈然后趴了上去。很快它就发出稳稳的呼吸声。

之后我带它做了身体检查。医生问:"为什么对这种狗也这么好,还带它来检查身体?"我非常疑惑,医生接着说:"这种狗是中华田园犬,也就是土狗,一般都是农村里的人随便养着看门的。"我没接话,看着而已。

之后我每天下课都早早回家。一开门就发现它在院子里迎接我,方式不变,先跳几下,然后绕着我的脚转圈,最后跳着用前脚趴在我的膝盖处求抱抱。

老妈说,白天叫它,它都不应声,就用头顶着院子里的门,一直等到你开门为止。我异常开心地摸了摸而已的小腹,心想,狗就是忠心,连吃肉的欲望都挡不住它迎接我的决心。

但后来我觉得有问题了,连我叫它,它也不回应我,它趴在我脚边,只要我不摸它,不走动,只是叫一声"而已",它就没什么反应。于是我再次带它去宠物医院。医生说,这只狗是遗传性耳聋,听不见声音。我一下子想起,第一天见到它时,我学了两声"汪汪",它都很镇定地一动不动。每次我出门它都拿头顶住门,等我用钥匙开门的时候的震动感。

越想我就越心疼。原来的主人就是因为你耳聋才丢掉你的吧。

一年两年很快过去了,人们说狗的一年等于人类的七年,那我和我的小老公而已已经顺利度过了七年之痒。

当然中间也发生过一些矛盾,因为它越来越胖,而医生说肥胖对狗是致命的。所以我每晚拉着它跑步,但跑不了多久,它就怎么拖也不肯走。后来我索性给它断了狗粮,只要不跑就没得吃,结果没几天它就跑了。跑到哪儿去了我也不知道,我又急又气,心想,喂不饱你,你还要离家出走偷吃去呀。当然没几天它就拖着一身脏兮兮的毛回来了。

在习惯有它的第三年里,我的分数刚好够到去北京——我梦寐以求的地方念书。我很清楚，不可能带它一块儿去。我也没法想象它目送我离开，每天用它的小脑袋顶着院子里的门等我回来又等不到的情景。一想到这些，我的心就能酸得挤出水来。我决定公平一点儿，让它替我选。我在它面前伸出双手，若它先舔我的左手，我就去。先舔我的右手，我就留。它毅然决然地选择了右手。

毕业后的第三周，而已走了。老妈把它埋在了院子里。我说："要不要在上面种一棵树？好悼念，好纪念。"老妈说："不要让树苗吸收而已的营养，让它好好投胎，投到一个富贵人家，有人供养，陪它玩耍，耳朵听得见世间的美妙。"

我想说，我知道人人都有爱心，人人都渴望有个温暖的小东西陪伴，但请不要为了发泄爱心而养狗。养狗就要真的有爱心才行。

而已，我爱你。

人鼠之间

◇琦 君

有一年去高雄，住在一间中级的观光旅社中。入夜熄灯思睡，才一合眼，就听见床边的声音，还以为是最可恶的蟑螂来临。所以赶紧开灯，灯一亮，却只见一道小小的黑影倏然而逝。搜索了半天，一无所见，只好又把灯关掉。不一会儿，此声又起，而且越来越接近。我急忙再开灯，却发现是一只小小的老鼠，把我床头几上一块吃剩的巧克力糖，连锡箔纸拖到床上。看样子它是打算从席梦思垫子边拖下去，奇怪的是这只迷你小鼠，竟是远远地蹲伏着，眨着一对黑豆小眼睛直瞪我，为了不能到嘴的巧克力糖，它居然舍不得撤退。好大的胆子，真是新生小"鼠"不怕"人"。

我本来对于小动物都非常喜爱，猫狗自不必说，就连人见人厌的过街老鼠，我也无心杀害。同时想起古人"为鼠常留饭，怜蛾不点灯"的诗句，觉得我与这只小鼠之间，竟有了灵犀一点。因为佛家说的，大凡对一切生灵，你只要不动杀机，它们就有感应。猛虎不会伤你,野兔不会躲你。于是我起身把巧克力糖缓缓推向它,并轻声对它说:"你一定饿了,快吃吧。"它畏缩地迟疑了一下,既不前进也不后退,我索性再把灯关掉,表示绝无伤害它的意思。慢慢地,就听到它把糖拖到地板上,索性安安稳稳地吃起来了。我听了一阵,还是忍不住打开灯,它坐在地毯上,两只小前腿捧着巧克力糖,小嘴啃得好起劲。对于我的再次开灯,已毫无畏惧之意。看它全心全意享受一顿丰盛的夜宵,好替它高兴。套一句杜甫的诗:真是"得食'床边''小鼠'驯",原来人可以跟任何动物做朋友,只要你以真诚相对。

记起在初中时,英文课本用的是奥尔科特著的《小妇人》。二姐蜀因发现体弱的三妹佩丝,似乎在暗暗喜欢她自己的爱人——邻居男孩劳立时,她有意成全妹妹,每当劳立来时,她就悄悄躲到角楼上,让劳立多陪佩丝谈心。她在角楼上翻着她们四姐妹童年时代的玩具箱,回忆往事,一向豪迈如男孩的蜀,也不由得百感交集。觉得姐妹都已长大了,即使亲如父母和手足,有时彼此的心情也无法沟通。她百无聊赖地翻弄着破旧的玩具,忽然发现一只小老鼠惊慌地跑了出来,蜀好高兴,喃喃地对它说:"你别怕,你别跑,让我们做个朋友吧。"她就剥点儿饼干屑给它吃,小鼠也渐渐不怕了,以后每当蜀一个人伏在玩具箱上写文章,小鼠就静静地蹲在一边陪她,相依如知己。这一段文字写得非常生动感人。慈祥的施德邻老师以抑扬顿挫充满感情的音调,读完了这一章以后,又以异乎平常的语调对我们说:"人在寂寞中,格外能体验万物之情。也唯有在寂寞之时,最懂得爱。"当时我年纪太轻,听了只是一知半解。几十年后的今天,回顾前尘,经过多少繁华,也耐过多少寂寞,因而想起当年两鬓斑白的施德邻老师,说此话时一定有深深的感触吧。她于退休以后，因热爱中国，于1959年再来台湾从事布道工作，住在新竹的青草湖。当我们师生重逢时，她仍以纯熟的杭州土话，指着我们每个人说："你是蜀，你是梅格，你是佩丝或艾美。"她牢牢记得我们每个人的性格与《小妇人》中四姐妹相似之处，我们望着她已白发皤然，欢欣中噙着泪水。她问我们还记不记得《小妇人》中的好文章。我大声而有把握地说："记得记得，尤其是蜀与小鼠之间的感情。"她湛蓝的眼睛深深地注视着我半响，微笑着说："我住在青草湖好清静，有时傍晚在田野间散步，时常看到小青蛙跳跃到脚边，也会想起蜀对小鼠的那份感情。"我不禁在心里想，老师于垂暮之年，远适异国，此心是否感到寂寞呢？她终于因心脏病突发，在台湾去世，而且就葬在青草湖，也许老师真个是飘零一生，认为到处青山好埋骨吧！

我忽然觉得，这个世界，无论是绚烂如锦，或雨歇歌沉，一颗心总是闲闲的，也清清寂寂的。生涯中的点点滴滴，记忆都十分清晰，因而对多年前，高雄旅邸中，深夜出来觅食的小鼠，也不由得怀念起来了。

岂有此理

◇ [美] 吉姆·威利斯

当我还是傻里傻气的小狗时,一举一动都会令你乐不可支。你称我为自己的骨肉,唤我作心肝宝贝。虽然,我解剖过你几个枕头、咬烂过你不少鞋子,但我们还是成了最亲密的朋友。

每次我"坏"了,你都会指着我,大叫:"岂有此理!"但转眼又会按捺不住,眉开眼笑地把我翻过来搓肚子。

我记得多少个晚上,我在被窝里,鼻子拱着你,听着你说秘密、说理想、说梦话。噢,那是多美满的日子。

我们一起散步,一起奔跑,一起游车河,一起买雪糕(每次你将雪糕吃光,把雪糕筒留给我,便开始说雪糕对狗有害)。你上班,我会晒着太阳,半睡半醒地等你回家,有时梦见你,有时想着你。

你越来越忙了,除了工作,也开始拍拖。我仍然每天等你,在你心碎、失意时安慰你;无论你对或错,我都会默默支持你。你回家，我当然雀跃；嗅出你恋爱的喜悦，我更欣喜若狂。

她，现在是你的妻子了，并不太喜欢狗，但我仍然欢迎她。我对她唯命是从，尝试用热情感动她。你快乐，我便快乐。

婴儿一个个出世，我和你同样兴奋。看到他们娇嫩粉红的肌肤，嗅着他们的气味，令我觉得自己也是父母，我也想照顾他们呀。但她，和你，却担心小孩子的安全，最后，我不是被关在工作间，就是给困在笼子里。唉，我是这样地爱他们；爱，却把我囚禁起来。

小孩子慢慢长大，我终于成为他们的好朋友。他们扯着我的毛，战战兢兢地走出第一步；他们用小手指戳我的眼，好奇地拉开我的耳朵研究，又热情地吻我鼻子。他们怎样搞，我都热烈欢迎，毕竟，你已经很少和我玩。我愿意付出性命，来保护他们。我会钻进被窝，听他们的小烦恼、小梦话，我又会和他们一起，等待着你每天回家开门的钥匙声。

从前，朋友问起你有没有养狗，你会迫不及待地从钱包里拿出我的照片，兴奋地讲我们的故事。这几年，你只会"嗯"一声，就转话题；我也早从你的"心肝宝贝"，变回你养的"一条狗"。我更留意到，你对养我的支出和费用，开始皱眉头了。

现在，你要调去上海工作，公司为你租的大厦不准养宠物。你为"家庭"，做出了理性的抉择。只可惜，没有人提醒你，曾几何时，我就是你的"家庭"。

很久没游车河了，我真有点儿兴奋，直至，我进入了"爱护动物协会"，猫、狗、绝望和恐惧的气味涌进鼻子里。你填好文件，说："我知你们会替它找个好归宿的。"工作人员耸耸肩，一脸无奈。他们都知道，就算有出生证明，为中年犬只寻找一个家有多渺茫。

你的儿子尖叫着:"爸,不要让他们带走我的狗!"你要撬开他的手指,他才肯松开我的颈圈。我实在替他担心,我担心你刚替他上的一堂课,会令他一生对友谊、忠诚、爱、责任,和所有生命都需要尊重的价值产生怀疑。

你留下了颈圈和皮带,避开我的视线,拍拍我的头说再见。赶着开会的你,看看表,时间已无多;我不用开会,但情况,似乎一样。你走后,两位工作人员谈起来,说你几个月前就知自己要调职,为什么不自己尝试替我找户好人家?她们摇摇头,说:"岂有此理!"

工作人员忙得要命,但很看顾我们。当然,每天都有食物供应,但,我已经丧失食欲很久了。

起初,每当有人走近"囚室",我都以为是你回心转意,连跑带跳地冲向铁栏杆,希望一切只是场噩梦。后来,我开始期盼会是想收养我的好心人,任何人,只要把我从这梦魇救出去就好。

最后,我明白我不会是中心其他幼犬的对手,它们活泼可爱,没有包袱,我开始长期缩在"囚室"一角,静静等待。有天,下班前,我听到脚步声来找我,跟着她,我走过长长的走廊,走进了一个房间,静得像天国似的一个房间。

她把我放上桌子,揉着我的耳朵,叫我不要怕。我的心怦怦跳着,估量着下一步会是什么,暗地里,却有点儿如释重负。做囚犯的日子,似乎走到尽头了。

我的天性不改,看见她边拿起针筒边流泪,又开始为她担心。我明白她的情绪,正如我明白你的一样。我轻轻舔着她的手安慰她,就如从前安慰着你。

她专业地把针滑进静脉,刺痛带着一阵清凉的液体流遍我全身。我累了，躺下，想睡了，抬头望着她慈爱的眼睛，我喃喃怨道："岂有此理！"

她不知是看得懂，还是听得懂，抱着我，抱歉地说对不起。又匆匆地解释一切都是为了确保我不用受苦，不用受遗弃。我去的地方充满爱，充满光明，会比这个世界更适合我。

我用尽最后一分气力，重重地摆了摆尾，想告诉她，那句"岂有此理"不是对她说的，是对我最爱的主人说的。我会永远想念你，也会永远等你。我希望你一生遇上的所有人，都和我对你一样有情有义，都和我对你一样忠诚。

好小猫

◇顾　湘

春天来了，我才感觉可以动身了。所谓动身，就是从久居不下的卧床上，走到清晨阳光特别充沛的客厅，坐在沙发上看书。我的猫跟着我移动。它是只亦步亦趋、一心爱我的猫——当然，大多数时候，它到客厅里，就跳到窗边的桌子上看风景。猫都爱看风景，所以它们才愈加可爱。

小猫靠近我就发出"咕噜咕噜"的声音，我就想：小猫你是有多喜欢我呀？于是对它说："小猫你每天最高兴的事情就是跟我搞七捻三，如此这般。"不过小猫有时是含蓄而深沉的：它静静地看着你，然后有点儿慢地眯了一下眼睛，继续凝视着你。这是比"咕噜咕噜"更郑重而可贵的一个表白。

小猫一片赤忱地爱着某个人，同时它又有着自给自足的、圆满的精神世界。

它刚到我家的时候很小很小，一直钻在沙发底下不肯出来，半夜睡觉时听到它"咯啦咯啦"嚼猫粮，"吱吱"喝水。可有一天，我被它舔醒过来，它在我头顶的上方舔着我的左额角，尽管周围一片黑暗，我没有看到它，但我静静地躺着，惊喜万分，不知道它怎么会选择这样的方式来接受我。它认真地舔了一会儿，接着整个儿埋进我的头发酣然入睡。那是一次郑重其事的选择，因为自那以后我的头顶始终是它认定的归属之地，它能够得到我的头，才算真的和我在一起。

小猫小时候，去咬花的叶子，又爱玩水，它睡觉时也笑眯眯的，摆出跳舞、飞天或者奔马的姿势，有时还会用力捂一捂脸。

它在睡觉这件事上锻炼专注和持之以恒，并且做得很好，不过尾巴可是不包括在睡觉修行里面的。小猫的成长和修炼，我看在眼里总是深感欣慰，然而想到最后它的睡觉修行终成正果，便不禁悲从中来。

有天半夜睁开眼，小猫白色的鼻梁近在眼前，挨上它的额头，认真看它睁着的眼睛，很大，漆黑，幽深而有光。小猫，原来我们都是有灵魂的东西。

白天时我想到，会不会人类的世界已经消亡，现在的一切都是些延迟图像或残影之类的。如果是这样，那么我们有灵魂地生活在这里，是不是分外吃力呢？

白天我守护小猫，晚上小猫守护我，使妖魔鬼怪不得靠近。

它既不忧愁，也不颓唐。它表面上看起来是睡觉的行为，表现出它对暂时寄居的这个世界如此漫不经心、一笑置之。把脸埋进睡梦中的它幽谷雨云一般柔软沉静的腹部，就能呼吸到沉香、没药、乳香的气息。它对世间万物满怀兴趣，但其实又知晓浮生若梦，凡事大抵无聊无趣，没有执着的意思，只值一睡了之。

我喜欢的写猫的诗句有：陆游的"我与狸奴不出门"；刘仲尹的"天气稍寒吾不出，氍毹分坐与狸奴"。这两首诗看起来差不多，其实相差很远，前者风雨大作，后者温怡。

明代谢肇笔记《五杂俎》写道："猫之良者，端坐默然。"还有王冕的《画猫图》中的"吾家老乌圆，斑斑异今古"，"坐卧青毡旁，优游度寒暑"。第一笔就叫人看见一只气度非凡的美猫。

跟小猫在一起，时间很快。外出时念及此，就分外不舍，我出门一日，它已独自在家等我一周，我曾是爱四处游玩的人，因为挂念小猫，现在很少出行，在家与它共修御梦而行的神游术。它近在身边时，我也能感觉到它身上那并不理会我的、兀自往前流去的另一个时间，伸手放在它身上，就能摸到这个温暖起伏的时间。

别人问我为何会想要养猫，我说我本不想养，只有如生而为人：都是一个偶然。既成事实，只能接受，抛弃不能。

每隔一阵子，我会想起从前走过的山路，晴好秋天，山林明黄；深邃巨湖畔的蓝山被云截断；花蜂跃跃，泉雀啁啾，山阴道上行，如在镜中游。小猫走过来，把手放在我的手上，然后把头也放在我手上，闭起眼睛睡觉，我就不舍得动了。又想：旅行不过使人徒增幻觉罢了。

汗血宝马

◇邱华栋

那匹枣红色的汗血野马已经是第七次晃过君玛德力的眼帘了。

从他第一眼见到那匹野马时,他那颗已日趋平静的心就再也不能够安安稳稳地待在他的胸腔里了。祖先遗传下来的桀骜不驯的血质重新在他的体内复苏和高涨起来。他终于想起了父亲的遗训,父亲为了最终捕住这匹野马的父母亲——它们也是一对枣红色的汗血野马,因劳累过度,咯血而死。而它们的儿子却逃进了那一片原始的胡杨林里。临终前,父亲向年纪尚幼的君玛德力讲述了那匹野马的故事。

据说是它的祖先的祖先的祖先……曾是威震世界驰骋亚洲东西南北的成吉思汗的坐骑。后来成吉思汗在一次同阿勒泰西部的哈萨克乃蛮部落的作战中负了伤,才与坐骑分开。但那匹有灵性的马为了不受擒俘之辱,毅然在寻找主人七天七夜之后,闯进了古尔班通古特大沙漠边缘的原始胡杨林。那是从来没有人敢进去的地方。

多少年了,它的家族与君玛德力的家族结下深深的仇怨。谁不知道,君玛德力的爷爷和爸爸是整个卡多斯大草原上最优秀的牧人:只要挥动套马杆,任何一匹暴烈的马终将乖乖就范于他们的胯下。

五十年前,君玛德力的祖父就是用这根浸了熊油的红松木套马杆捕住了它的祖父。当君玛德力的祖父踌躇满志地用一只烧得通红的烙铁,在它的祖父身上烙下了一个象征征服的黑黑的蹄形烙印之后,它的祖父整整三天不吃不喝,一直面对着那片胡杨林的方向,悲声长嘶,力竭而死。

而君玛德力的父亲在二十年前还是用这根套马杆捕住了它的父亲。但也就是在这厄运般的套马杆套上它的父亲的一刹那,它的父亲狂跳起一丈多高,悲嘶一声,肺裂而死。临死时还踹了君玛德力的父亲一蹄,这愤怒的最后一击也使他的父亲从此再未醒来。但它却在那片深不可测的胡杨林里,孤独又顽强地长大了。

而君玛德力也在大草原冬不拉的乐曲声中和奶茶的浇灌下,倔强地长大了。

但是如今,它再次挑战般地出现在卡多斯大草原上的时候,让所有的人包括君玛德力都再次热血沸腾。一周内,已经有五个卡多斯大草原上最好的骑手因为追捕这匹汗血野马而受伤了。这时,君玛德力面带微笑地对所有人说:"你去捉吧,你肯定捉不住的,它是我的!"

果不其然,如今所有的牧人都不再想去追捕那个要命的家伙了,眼巴巴地指望着君玛德力去捕住那家伙,长长整个大草原上男人们有点儿萎缩的志气。他也因此大言不惭地对人宣称:"我不用套马杆,就能揪住那家伙的长鬃。"

为了捉住它，君玛德力已经在阴冷的月下蹲了大半夜。它总是在后半夜踩着"哗啦啦"掉着露珠子的合头草，悄悄地独自到这眼咸水泉来饮水。而只有趁着这个机会，君玛德力才能靠近它。因为凭着他那匹黑走马的脚力，是无论如何不能够在广阔无际的草原上赶上它的——它总是旋风般地把他和他的黑走马远远地落下，消失在远处飘起的黄色烟尘里。

它的出现怎么也不能使君玛德力心平气和。他想：自己要对得起祖先们啊！他们的英名，绝对不能被自己玷污！

忽然凉风送过来一阵细碎的清冽的响动。君玛德力立刻竖起了耳朵，仔细地捕捉着那个声音的每一个细节。显然，那声响是冲着这泉水来的。正是它！君玛德力的心狂跳起来。他赶紧拍了拍伏在他脚旁的那匹忠实的黑走马，借着月光，他发现黑走马的目光里闪着几丝怯懦。浑蛋！君玛德力在心里骂道。他用力顶了一下黑走马，终于使黑走马在那声响越来越近之际壮起了胆子。

那细碎的清冽的响声越来越近……

一丛浓密的白梭梭林后，君玛德力的眼睛一眨不眨地越睁越大……

终于，君玛德力的眼前一个活物一闪，从苍黑的夜幕中跃入了这个只有十步见方的咸水泉边。君玛德力感到他那颗心仿佛马上就要从风箱似的鼓动着的胸腔里跳出来了。他那只拍着黑走马的手也感觉到了马的身体的颤抖。

它欢快地走到泉边，伸动潇洒的长颈，痛快地饮了起来。"咂咂"的饮水声使得夜空里显出一种生命的波动。多少天以来，它都是痛苦地在摆脱了众人的千般追捕之后，来这里饮用能够使之在第二天重新以挑战者的姿态出现在大草原上的咸水。

真是一匹好马！君玛德力那双藏在灌木丛后的大眼睛放着羡慕和贪婪的光：它全身枣红色，唯有四条小腿关节处围有一圈雪白的毛，胸廓宽阔，腰背有力，马鬃高长，腿关节精壮结实。这绝对是一匹剽悍的战马的后裔！就连它饮水时微微地颤动身体的时候，都好像有无穷的力量，傲慢和潇洒在它体内嘎嘎爆响。君玛德力的双眼喷着热切的占有之光！

它忽然感觉到气氛有些异常。猛然抬头，见那丛梭梭林后，有一双炯炯放光的眼睛，正在恐怖而热烈地盯着它！它刹那间明白敌意已经有预谋地浸漫在它的周围了。倏忽间它转身扬开四蹄便跑。不料没跑上七八步远，脚下一软，便扎到了一个大陷阱里——这正是君玛德力的杰作之一。但就在狂喜的君玛德力赶到坑边的时候，它却出人意料地腾云驾雾般地飞旋而起，跳出了这个在君玛德力看来任何马都逃脱不了的大陷坑。在它跳起的一刹那，机敏的君玛德力已然从黑走马身上跃起，直扑向刚刚跃出险坑的它，稳稳地落在了它的背上。

它暴怒了！它简直不能够忍受这样的欺侮和征服。它四蹄翻飞，扬声大嘶，嘶啸声如铜钟般回响于冷寂凄凉的夜的空间里，任凭它如何驱动浑身的力量，君玛德力就像是牢牢地焊在了它的背上。

它开始在大戈壁上狂奔起来。它那雨点般的蹄声激烈而愤怒地叩响了沉睡的大地——它一定要摆脱这个危险的征服者！

它以最快的速度奔跑着。在它背上如小船晃动着的君玛德力的心头掠过一阵阵狂喜：自己终于骑在日思夜想的对手的脊背上啦！嘿！这次得抓住它，等明天一早叫整个大草原上的男人们和女人们都羡慕得不得了！他感到脚下那一丛丛红柳、一蓬蓬沙棘像箭一样地射向身后。太快了！它的脚力真是无与伦比！一定得征服它！

猛然间它一个驻足。在它背上的君玛德力便如出膛的炮弹飞向它的前头——他被它甩下来了。

等到他揉揉钻进沙子的眼睛之后，茫茫大戈壁就再也没了它的身影。只有那如释重负般地擂动大地的远逝的蹄声，在寂寞空旷的空间里回荡。

顾家的猫咪

◇刘滴川

　　1961年的春节过得异常艰难：姥姥攥着肉票上街去买全家人过年吃的肉，走到副食店门口排着队，一直攥在手上的肉票却不翼而飞了。姥姥两手空空回到家，又急又气又发愁。当姥姥在农历的小年前一天晚上把这辛酸的倒霉事公之于众之后，原本对过年充满憧憬的人们谁都没有半点儿心气儿了。当然，沮丧失望的一家人中，还有一只可怜的小猫，它一直站在饭桌下等着人们把拌有咸盐、酱油和白菜帮的可怜的剩窝头留给它。咪咪咪咪眼巴巴地瞧着桌子，却绝不上来，它"喵喵喵喵"地一边叫，一边在桌子下蹭着主人们的腿来来回回地溜达。

　　这样没有活力的日子又熬了几天，直到年二十八的清晨，大姨用一阵狂喜后的推搡，唤醒了睡梦中的全家。全家人被大姨一个个地从被窝里叫起来，披上大衣，掀开厚厚的门帘走下屋外的台阶后惊讶地发现，自家屋檐底下的煤箱子上面，一大条新鲜通红的猪里脊肉平平整整地放在煤箱子的正中央。而里脊肉上，咪咪咪咪两只雪白有力的前爪正死死地按在上面。

"天哪！你怎么弄回来的？怎么弄回来的？"姥姥激动地走到煤箱子前面，咪咪咪咪放下了按在肉上的前爪，在寒风中瑟瑟发抖地走到姥姥的身边。姥姥一把抱起了这个被冻得冰凉的小身躯，像哄孩子一样轻轻地摇。而咪咪咪咪在姥姥的怀抱里，终于如释重负地发出了呼呼的呼噜声。那声音好像是在说，总算完成任务了！

当妈妈走到煤箱子前提起咪咪咪咪偷回来的里脊肉时，发现那一大条肉足足有4斤多沉，整条肉的最中间有4颗新鲜而清晰的牙印，那是咪咪咪咪用嘴叼着这块肉，上墙、上房、飞檐走壁一直跑回家的铁证。真是难以置信，它这样一只生长在困难时期的猫咪，自己的体重恐怕也不过4斤，却能偷到一块和自己一般沉的肉，并且叼了那么久，跑了那么远。竟然自己没有先享用哪怕一口，却偏偏要顶着鹅毛大雪站在煤箱子上苦苦地守护着这块肉，因为它生怕肉被别人抢走。

有肉吃的年夜饭，成了姥姥家每一个人难忘又温馨的记忆。全家的功臣咪咪咪咪，自然也分到了属于它自己的那一大块肉。妈妈总是伤心地说，那或许是咪咪咪咪一辈子吃到的除了老鼠以外的，唯一一块肉。

三天之后的大年初三，当大姨又一次第一个走出屋门口的时候，她发现煤棚上，咪咪咪咪又正襟危坐地按着一个鸡毛掸子。

姥姥认出了那个鸡毛掸子，那是北羊市口摆水果摊的老孟用来掸水果上的浮土的。它跑得可是不近，那个水果摊离这儿怎么也有一里地远。"咪咪，可不能再偷了！你要是再偷，就该有麻烦了！"姥姥走过去抱起它，不留情面地教育了它一顿。这次，它灰溜溜地进了屋，躲在炉子边上烤火去了。姥姥拿起鸡毛掸子，给老孟还回去了。

然而，姥姥一语成谶。正月初四的清晨，咪咪咪咪死在了屋檐下的煤箱子上。这一次，它的前爪下什么也没有按着。它的前爪血肉模糊。

家里的女孩们都害怕地扭过头去，只有舅舅壮着胆子走过去。他刚伸出手，姥爷忽然在身后喊了一声："别碰它，是镪水（硫酸）！"

咪咪咪咪永远地离开了我们，它在又一次偷盗的时候被人发现，愤怒的人们用硫酸把它从头浇到脚。它拖着被硫酸烧毁的血肉模糊的身躯回到了家，安静地死在了煤箱子上。它至死也不曾搅扰主人的甜梦……

爷爷和毛毛的美好时光

◇镰　足

毛毛对于我们家来说，是个特殊的存在。

领养毛毛那天，我与爷爷走在大街上，看见一个耍猴人在用鞭子抽打一只毛发杂乱的小猴子。小猴抬起上肢来挡，"啪"一声，又加一道血淋淋的口子。顷刻，它哀号着扑向人群，又被绳索拉回。围观的人没解救它。它看上去很脏，五官毫不讨喜。

我和爷爷看了看便随人群散去，往家走。爷爷忽然收住脚步说："要不，咱们把那只猴子买回家？太可怜了。"

自从奶奶去世后爷爷就特别孤独。所以在他固执地买下小猴那一刻，我是有些理解的，爷爷太需要伴了。

爷爷自言自语："这么毛手毛脚，就叫毛毛吧。"因为遍体鳞伤，毛毛暂时不能洗澡，爷爷把它安置在一个铁笼里。我妈很爱干净，因此很不待见它。爷爷把毛毛养在自己房间里，每天和毛毛聊天。每天清晨他带着毛毛到公园晨练打太极，毛毛学得有模有样，惹得众人大笑不止。爷爷变得越来越健谈。

毛毛在我们家地位的提升得益于一场比赛。那天我放学，拿出宣传单："爷爷，社区元旦举行宠物才艺大赛，咱们让毛毛也表现一下吧。"比赛当天，爷爷和我精心为毛毛装扮了一番。穿着喜庆的宠物唐装，毛毛站在一堆猫狗中间显得鹤立鸡群。它踩单车、转皮球，还会倒立行走，实在是为我们挣足了面子。然而事情的转变也来得特别突然。有个周末，我妈下厨宴请小姨一家三口。家里喧闹的人声，将毛毛的兴奋值拉至顶点。它双手抓着栏杆坐立不安。我把它牵了出来，让表弟开开眼界。表弟是出了名的熊孩子，他跑进厨房，拿出香蕉泥诱惑毛毛，又拿起玩具水枪朝它喷射。被淋湿的毛毛显得有些暴躁，见到食物又平息下来，抓起来大口享用。然而它很快表现出异样，张嘴吐舌头，表情无比痛苦。表弟嬉笑不止。毛毛盯着表弟，恍如被刺中要害，跳过去伸出爪子朝表弟抓去，他脸上很快出现一道血痕。小姨气急败坏地拉起表弟去打疫苗。聚餐就这样不欢而散。我妈积压在心头的不满终于得以宣泄，抓起棍子朝毛毛狠狠地挥去……毛毛的眼里，竟然再次出现当街被鞭打时的无助感。我妈丢下"家里有它没我"的狠话出门了。

爷爷从外面回家，听我转述事情的原委后，他蹲下去，沉默着安抚毛毛，毛毛竖起的毛发才平顺下来。那天下午爷爷和毛毛轻声细语说了很多话，像在告别。当晚，爷爷向全家人宣布，要把毛毛送到市里的野生动物救助基地。这是一位老人最后的妥协。

送走毛毛那晚，爷爷前所未有地沉默，第二天爷爷告诉我，他发现毛毛碗里的香蕉泥掺杂了芥末酱。原来这才是毛毛抓狂的真正原因。我想起那天毛毛挨打时痛苦的神情，感觉有些心酸。

每到周末，爷爷就拉上我一起去探望毛毛。毛毛依然记得爷爷,每次爷爷出现毛毛会蹦得老高,张牙舞爪难掩兴奋。我举起手机给他们拍了许多合照。原本矍铄的老人在精壮的毛毛面前显得有些颓然。他佝偻着背,而毛毛竟伸出一只毛茸茸的爪子,搭着爷爷。

直到后来,爷爷病重去世。很长时间,我没有去看过毛毛。当我再见毛毛时,它盯着我好一阵,又翘首以盼地看着门外,那模样像在寻找爷爷的身影。我给毛毛香蕉,然后告诉它,爷爷再也不能来看你了。我以为一只猴子哪能懂得人类世界的是非恩怨,但在那一刻,我确定毛毛听懂了我的语言,并且眼里竟然有着隐约的泪水。

生命的流逝,本身残忍又无可奈何。而我知道,毛毛和爷爷不会就此相忘。

北大"学术猫",南大"霸气狗"

◇早　早

说起校园动物界的大腕,不得不提的是北大学术猫。此猫酷似加菲猫,身形肥硕,显著特征是身后只有一截长不过五厘米的断尾。因经常与学生一起听课,它得到了学术猫的美称。学术猫2004年入读北大,喜欢长时间和人对视,最爱听哲学类和艺术类课程。北大电教、理教和一教都是其活动范围,经常上着课它就踢门进来了。

作为一只有知识、有文化的猫,学术猫深受北大师生喜爱。2011年8月,在北大的未名BBS(电子公告板)论坛上,一位名叫LegendL的学生发帖说:学术猫瘫倒在实验室,肚子饿得瘪瘪的,腿也瘸了一条,精神状态极度恍惚。发现学术猫的同学迅速通知了北大流浪猫关爱协会,协会同学立即打车把学术猫送到了附近宠物医院。医生诊断学术猫骨折要做手术,同学们都为学术猫揪着心,他们亲手将猫送进了手术室,甚至网络直播学术猫的手术情况。

幸运的是学术猫手术成功,现在正在逐步恢复中。相信不久后,它就会又出现在北大的课堂上。

北有学术猫,南有霸气狗。在南京大学,一只名不见经传的小狗一夜成名,成了南大校园里人见人爱的"名狗"。它的成名史更离奇:就因为有一颗小虎牙龇在外边,南大学子给它取了个响亮的名字——"南大霸气狗"。

霸气狗实际上性格非常温和,甚至很怕猫。霸气狗不爱学习,喜欢在生活区闲逛。

作为一只霸气狗,还是要对得起"霸气"这个名号的,每当吃饭的时刻,霸气狗才显现出它的"霸气"。面对食堂里美食的诱惑,霸气狗出奇地淡定和优雅。同学们喂它肉吃,它不像其他狗一样猛扑过去,狼吞虎咽,而是慢悠悠地踱过去,仔细打量一番,嗅一嗅再慢慢地开始吃,而且是有选择地吃。

除了最常见的流浪猫狗,有些大学的校园里还有些特别的朋友。兰州大学里有一群可爱的小松鼠,海南师范大学里有几只黑山羊,北京理工大学新校区的湖里住着一群神秘的黑天鹅⋯⋯

有许多同学都在宿舍里养了宠物,大多都是买来的,很少有人养流浪动物。在很多流浪动物保护者的眼中,对待动物的正确方式应该是领养而不是购买。因为只要大家购买宠物,一些人就会将动物养在繁殖场里大肆繁殖。越来越多的繁殖会造成越来越多的抛弃,就会有更多的小动物流落街头,风餐露宿。

对于流浪动物,许多人有着独特见解。在台湾,有一对很有名的作家姐妹——朱天文和朱天心,她们一直致力于流浪猫的保护。在朱天心的理解里,流浪猫在人间的命运,某种程度上就是弱势人群的命运。

她觉得流浪动物保护对于社会其实是很重要的示范。比如说，在小学里，过了一个暑假，猫妈妈生了一窝小猫，那就可以想象出一个很生动的场景。老师说："有一窝猫，怎么办？"校长说："没关系，我来捉一捉。"他就把小猫给丢掉了。小孩儿就会得到一种生活教育——只要是对社会没贡献的，没有价值的，就可以被抛弃。如果他们受到这样的教育，将来很可能会一层层地向弱势群体下手。一想起来就会不寒而栗。

所以，让校园里的小萌物们尽情地萌下去吧。

第三章

你我如逆旅，相遇如春

凯撒之死

◇吴 优

前几天菲律宾的朋友发来邮件,告诉我凯撒死了。它走的时候很安详,应该是自然死亡的,对于一只鸡来说,也算高寿了。

其实早在三年前,凯撒几乎就已经死过一回了。那时我正在菲律宾休假,当地的朋友向我介绍了他的凯撒,一只虽然年轻却已经连续四次以不败战绩获胜的著名斗鸡,而每取得一次冠军,凯撒的价值都会翻倍。

那天下午,凯撒将参加一项高级别的比赛,我也欣然接受邀请,前去观战。专业的斗鸡场位于场馆的中央,四周两层的看台上挤满了观众。轮到凯撒上场了,地上两条白线把它和对手分开在两边,它们的身子被主人紧紧按住,待到裁判手一挥,主人们一松手,两个斗士便啼叫扑腾着向对方冲去。

馆内的气氛瞬间被点燃了,特别是那些下赌注的看客如同打过鸡血般为自己看好的选手呐喊加油。两只自幼便接受训练的斗鸡在场地中央嘴啄脚踹、腾挪闪躲，一时间难分难解。若打斗仅限于此，倒也无伤大雅，可斗鸡比赛是一定要分出输赢的，而胜负关键就是斗鸡腿上绑着的那一把两寸长的尖刀。比赛刚进行了几分钟，就在一瞬间，凯撒在空中刺中了对方，而对手的尖刀也插入了凯撒的胸口，两只斗鸡同时坠落地面，都站不起来了。场边忽然变得一片寂静，而场上的比赛还未结束。根据规则，裁判将两只已经爬不起来的斗鸡放到白线的两边，面对面，轻轻扶起它们曾经始终高昂的头，再松开。凯撒晃了晃，头垂了下去，凯撒判负！场边喧嚣声又起，有人欢喜有人愁，再没人关心命垂一线的凯撒。只有我的朋友，鸡的主人，冲上前去，一把抱着凯撒匆匆向场馆外走去。

我跟着到了馆外，看到斗鸡医生们开始展开急救，他们首先给鸡打上了补液，然后探查伤口。伤口不大，在凯撒的胸腹部，但感觉很深，不断有血流出。兽医们摇摇头，告诉朋友，他们无能为力了。我看到朋友眼中流露出的痛苦，心中顿生不忍，凑上前去，很委婉地告诉兽医们，我来自中国，是一名外科医生，在中国有句俗语，翻译过来差不多就是"死鸡当作活鸡医"，为了朋友，我愿意试一下。

我让兽医做助手，固定住凯撒的身体，将伤口周围的鸡毛再剪去一些，用手术刀将伤口再切开少许，用血管钳撑开以后，可以清楚地看到，它的肝脏上有一处明显的伤口。我从来没有做过肝脏的手术，对于鸡的解剖更是概念全无，手头的器械对于禽类也显得过于粗笨……但情急之下已不容多想，我以最快的速度缝合肝脏伤口，接着结扎了一根破裂的腹壁下血管，查看没有明显出血后，逐层缝合了切口。

手术结束后，兽医给凯撒推注了抗生素和止血剂。鸡作为患者无疑是优秀的,一来它们身上的缝线是不必拆除的,二是它们的生命力着实顽强。过了大约半小时,凯撒就睁开了眼睛,又过了半小时,它再度高高昂起了头……大约两周之后,凯撒就重返了赛场。

  在其后的日子里,凯撒依旧勇猛,获得过多次胜利,也曾多次受伤,却再无大碍。时光流转,它最终还是没能敌过岁月的蹉跎,倒在光阴的面前。凯撒用"捡回来"的三年生命一次次和对手进行殊死搏杀,为主人赢得了财富,为看客增添了谈资,而它自己是否热衷于这样的生活却无从考究。所有的生命都在进行一次单向的旅行,医者所能做的,无非是护送他或者它在路上多走一程罢了,至于途中甘苦唯有行者自知。

一只不幸而幸运的羊

◇巴图尔

那年，吐尔地家的一只母羊生了一只三条腿的羊羔，成了村里最令人好奇的事。全村人都跑去看，看完了大家都觉得，这只羊羔很可怜，甚至怀疑羊羔活不了。

羊羔只有三条腿，一个星期之后，它才能独自站立。在此之前，小羊羔只能靠人的帮助才能吃到奶。三条腿的羊羔学会站立走路，吃了不少苦头，最终它还是站立了起来，蹦蹦跳跳地长大了。在吐尔地的精心饲养照料下，三条腿的羊羔不仅活下来了，而且活得非常好，比其他羊羔长得都健壮。

庄稼地头的草肥嫩，它只吃草不吃庄稼，它好像很懂主人的心思，它知道哪些东西它可以吃，哪些东西它不该吃，就算走进庄稼地，也不会动一口庄稼。

过了节，吐尔地的大儿子就要结婚了。那天吃过晚饭，一家人围坐在炕上默默不语，吐尔地的妻子打破沉默说："库尔班的婚事准备得差不多了,婚期也快到了,看看,宰哪只羊,现在好加一把料,催催肥。"

吐尔地抬头看了一眼妻子,瓮声瓮气地说:"一群羊,宰哪只都行。"

儿子库尔班说:"就宰那只三条腿的吧,就它肥。"

儿子库尔班的婚期很快就到了。因为是邻居,我父亲早早就过去帮忙。宰羊是要念经的,宰羊人把三条腿的羊牵过来念经时,却出现了惊人的一幕,它仅有的一条前腿,突然跪在我父亲面前,叫声非常凄惨,而且眼睛流着泪。

我父亲明白了,它是在乞求我父亲救它。当宰羊人提刀走过来时,父亲拦住了宰羊人。

吐尔地很无奈地对父亲说:"唉,我的老朋友,我的儿子结婚不宰羊,我们怎么招待客人呢?"

父亲想了想说:"这样吧,我给你另一只羊,这只羊,我牵走。"

从那以后,那只三条腿的羊就成我们家的了。为此,父亲没少挨母亲的埋怨,说父亲太傻,用一只好羊换一只三条腿的羊,可父亲总是对母亲说:"这是一只通人性的羊,就是拿十只羊换也不后悔。"

隔了一个月,父亲就有好消息告诉母亲:"老伙计,我们家那只三条腿的羊怀孕了。"

三个月后的一天,三条腿的羊生产了。一只羊羔生出来,父亲觉得没事了,可三条腿的母羊还是卧在地上不动,过了三五分钟又生出了一只羊羔。这可把父亲高兴坏了,连声喊着母亲:"老伙计,老伙计,你快来看,是双胞胎!"

母亲急三火四地从屋里跑出来，一看才露出了笑容。

父亲说："吐尔地，你呀，差一点儿把三条命宰掉了。"

三条腿的羊带着两只羊羔，每次路经邻居吐尔地家门时，它总是把头昂得高高的。我家的羊群壮大的速度，是方圆百八十里最快的，当然是生双胞胎三条腿羊的功劳，它生的羊羔长大了，也生双胞胎。

每年，不等羊羔生下来，村里人就老早准备好了钱。买我家的母羊羔，当然价钱比其他母羊羔高出两倍。

后来，我们家从农村搬到了城里，父亲虽然不舍得三条腿能生双胞胎的羊，但为了进城，还是把它送给了吐尔地，因为他答应父亲，不宰也不卖三条腿的羊。

再后来，父亲还回过几次农村看过它。最后一次，父亲回来说，三条腿的羊老死了。为此，父亲和吐尔地有很长时间与酒为伴时，都常常和别人说起那只三条腿的羊。

故宫猫"保安"传奇

◇富且朵

在故宫里有一支特殊的保安队伍,它们不是人类,而是猫。作为故宫中几百年一直存在的成员,它们的命运浮沉也是一部血泪史。

猫运沉浮

在明朝,有一位皇帝与猫的关系非同寻常,他以逗猫为乐,二十年不上朝。这个皇帝就是明世宗。

明世宗朱厚熜之所以爱猫,是因为猫是他的救命恩人。世宗年轻时宠爱过一个叫王宁嫔的妃子。对宁嫔没了兴趣后,世宗便移爱曹端妃。

宁嫔由爱生恨,纠集了十几个被皇帝责罚过的宫女,她们选择在夜里趁世宗熟睡时将他勒死。

大概是世宗命不当绝,端妃宫中那些温驯的猫突然发疯般地跑出来,那几名侍卫觉得不对,赶紧闯进宫中,在关键时刻救下了世宗的命。

世宗活过来后，开始朝朝暮暮宠爱各种各样的猫。因为皇帝的喜好，一时之间明朝全国上下家家养猫。

随着明世宗的离世，猫们的地位一下子飞流直下。尤其到了清朝，皇帝爱养狗，后来几百年间，那些曾被捧到天上的猫一下子被贬到地狱，又因为猫的数量过大，故宫中的它们成了被人们虐待、宰杀的对象。

民国时期，故宫里没有风雨之忧，一些外边的流浪猫也悄悄跑进帝王的宫殿里蹭吃蹭喝，安家落户，那一段时间，猫们又迎来了它们的繁盛期。

重返故宫

中华人民共和国成立后，人们认识到猫们给故宫和那些历史文物造成了巨大的损失和灾难。尤其夜晚的猫叫声，让古老的紫禁城像一座鬼城，故宫决定驱逐这些猫。

一晃十几年过去，80年代到了，有游客一进故宫大殿就发现，汉白玉的柱子上有很多老鼠洞，而且故宫园林中还有黄鼠狼的臊味和臭味。

而让保安们更头痛的是，为了保护文物，只要警报器一响，他们就得去抓贼。可是警报器经常响，贼却不是人，而是黄鼠狼或狐狸。人们最开始弄不明白为什么会有这么多黄鼠狼，过了很久才知道，故宫里没有猫了，谁吃老鼠呢？黄鼠狼是来替猫补缺的。

就这样，那些猫，又被悄无声息地请了回来。

可是这些猫不仅没起到多大作用，反而惹了大祸。一只名叫"秋千"的好动调皮的猫，一次刚刚生完猫崽，有外国游客走近猫宝宝的时候，它以为别人要抢它的宝宝，便张开尖利的爪子向人扑了过去。

更糟糕的是，它的爪子上带有病毒，直接导致这名游客被感染。这让故宫的声誉在国际方面都受到影响。

因为这件事，故宫领导层开始针对是否允许猫留在这里展开了大讨论。在反复的讨论下，故宫最终决定养猫。可问题是，养多少只合适？如何能妥善控制好猫的数量？如何让它们成为故宫的保护者，而不是野生动物或者宠物？这被提上了新的考虑范畴和日程。

再立大功

2000年左右，有人提出了一个大胆的想法：给那些猫进行编制，训练猫成为保安，这样不仅可以更好地控制、利用它们，还可以达到人与自然的和谐统一。

2001年的一天，猫们被送进了医院，还注射了针剂，随后，它们又被送回故宫，人们又开始好吃好喝地对待它们。

这些猫还不知道，打完针后，它们都有了编号和大名，比如有一只公猫被命名为"保泰"，一只母猫被命名为"平安"。这是故宫院长专门为它们取的名字，他的用意是：猫们要成为保安，它们也要参与到保护故宫平安康泰的工作中。

作为保安，猫们在工作上的成绩有目共睹。但这些猫可不是工作狂，生活在帝王城堡里，深受历史熏陶的猫们很有艺术细胞，它们的业余生活很丰富，有自己的特殊爱好。

负责修补文物的张贤清说，每次他在修补文物时，一只叫作"萝萝"的小猫就会安安静静地在旁边看着，甚至张贤清离开了，它还在那里一动不动地欣赏那些艺术品和文物，其他的东西都吸引不了它的注意力。

而院长办公室常去的一只叫"果果"的猫很有学问，它最喜欢做的事情是学着人类的样子拿笔写字。只要桌子上有纸有笔,它就涂鸦起来,而且认真极了。

从皇室的宠物到弃物,变成了如今能发挥巨大价值、安享晚年的"保安",猫们用几百年时间才完成了自己身份的转变。

阿黄遇见妙狗

◇闫 晗

那天晚上遛狗的时候,它突然蹿了出来。不知道它的名字,是条黄狗,就叫它阿黄吧。

我自己没有狗,是帮回老家的隔壁楼的邻居照看一下她家的来福。我怕来福不听话,紧紧地拽着拴它的绳子。拉着来福一起奔跑的时候,身后居然多出一只狗,跟着我们一起跑。

阿黄和来福追打嬉闹着,来福跑到草地上时,阿黄穷追不舍紧紧跟上。来福是一只不到一岁的小狗,明显不是对手。阿黄要大很多,是健壮的中华田园犬,很擅长打架,会试探着用一只爪子把对方掀倒,再按着它的脑袋。在追逐过程中,阿黄一直试图咬住拴来福的绳子,彻底控制它。

我朝四周看看,依旧无法辨别阿黄是从哪里出来的,周围并没有像它主人的人。或许,它是一条流浪狗吧。邻居说,小区里一直活跃着几条流浪狗,保安常常喂它们。阿黄继续跟着我们,依旧要咬着来福的绳子，拔河似的坠在后面，似乎它很渴望拥有一条拴狗绳。我停下来摸摸它的头，阿黄没有反抗，也没有逃走。难道我身上还有那种养狗的人才具有的气息吗？乐乐走失之后，我好几年没有养过狗了。我动了收养它的心思，阿黄算不上好看，只是一条普通的土狗，但是聪明、健壮，我很喜欢。

阿黄跟着我们到了邻居家楼下，目送我和来福进了电梯，迟疑地观望着。我让电梯门开了一会儿，它仍在观望，不肯上来。我想，不来也好，别把邻居家弄乱了，反正我还得出来，就说："你在外面等着我吧，一会儿我下来接你。"它摇了摇尾巴，走开了。

到邻居家安顿好来福，锁门下楼。可是，楼门口没有阿黄的影子，向四周的道路和草坪望去，路灯昏黄，北风吹过，行人瑟瑟地缩着脖子，遛狗的人也都回去了，没有任何一只狗，自然也没有阿黄。它走了，去了哪里呢？我的心一下子失落起来，为着我们的不默契。

晚上，我梦见了好多狗，一大片狗在草地上睡觉，有松狮、金毛、萨摩耶、泰迪和比熊……可是，我找啊找，怎么也找不到阿黄。

周六中午，我又去遛来福，满小区都走遍了，最后远远望见了在晒太阳的那只黄狗。嗨，是它，阿黄。我吹了声口哨，阿黄竖起耳朵四下观望，我朝它招招手，它立即飞奔过来，以一种果敢的毫不设防的姿态钻过栏杆，朝我们冲来。

那栋楼前面还有个木板搭成的简陋的窝，是好心人给阿黄搭的吗？但过于简陋。有人牵着狗经过，阿黄又跑过去，追着人家的狗嬉闹。那人有些反感，跟我说："管管你家的狗。"我拿了绳子系的一个小玩偶在阿黄面前一晃，它立即冲上来咬住，然后我就那样牵着把它拽走了。阿黄既喜欢绳子又喜欢玩具,大约它自己没有,又或者它以前有而现在没有。

送来福回家的时候,阿黄又在楼门口止步了。它照例观望了一阵,就转身走开。再出门时,果然又不见了阿黄的身影。我才明白,这是一只很有分寸的狗,它不会轻易跟人回家,或许它被人遗弃过,但它又是开朗随和的,只是在最后一步留有警惕——它很聪明。

后来,我逐渐忘了它。某一日路过阿黄那个简陋的窝时,看见阿黄跟着一个男人跑,在他面前撒欢儿,打滚,肚皮朝上——那是一只狗臣服和信任的标志。我心里有些失落:他是它的主人?还是,他们因为更久的互动产生了默契?不得而知。

再后来,我在路上看见它,试探着喊了一声"阿黄",它全然没有理我,迅速跑开了,仿佛我们不曾相识。

《一代宗师》里张震出现和不见,都很突然。导演王家卫说,有时候你会碰见一个很妙的人,然后他就消失不见。我和阿黄,不过和许多人的交情一样。

最受欢迎的"猫医生"

◇龚细鹰

美国宾夕法尼亚州的贝齐·肯农先生第一次遇见斯库特尔时,是在马路边。那时,斯库特尔仅有6个月大,病得奄奄一息,肯农先生把它带到医院检查,才知道它双腿上各长着一个恶性肿瘤,如果不切除,等待它的只有死亡。肯农先生立即为小斯库特尔做了截肢手术。

手术很顺利,斯库特尔的身体康复得很快。它不会说话,眼里也没有忧伤,没有双脚,它用双手撑着身体爬行。

后来,肯农先生带着斯库特尔去一家康复中心,为它挑选了一副假肢。安上假肢后,斯库特尔可以自由地四处走动了。它很想为肯农先生做点儿什么,但肯农先生的工作,它一点儿也帮不上忙,它能做的,只有把家里整理得更整洁。它虽然身患残疾,却比那些四肢健全的伙伴更勤奋、更能干。

肯农先生长期在南方健康哈马维尔康复医院和当地的两家疗养

院做义工。住在康复医院及疗养院的人们，多半是身体残缺或年老体弱，他们中的一部分人悲观厌世，时光在那里仿佛是凝固的一池死水，泛不起半点儿涟漪。令所有人想象不到的是，斯库特尔却像一夜春风，吹皱了这池静水。

那天，到了康复医院后，肯农先生按计划做自己的工作，斯库特尔也一刻不闲着，它不时地看看这个，瞅瞅那个，一名男子引起它的注意。男子名叫杰克，在一次车祸中失去了双腿，安装假肢后，他每天要进行康复训练。那天的训练让他感到枯燥乏味透顶，一不小心，他摔倒在地。杰克把假肢卸下，扔得远远的，并大声说："见鬼去吧，我再也不要它了，练了这么长时间，还是没见起色。"斯库特尔走到杰克面前，用清澈的大眼睛望着他，然后，向他展示自己的假肢，并在他面前轻松自如地走着。斯库特尔的速度越来越快，最后，它甚至奔跑、跳跃起来。杰克呆住了，也被震撼了。斯库特尔看上去那么小，还是个孩子，也失去了双腿，但不同的是，在残酷的现实面前，它的脸上没有悲观失望，而是充满朝气。杰克羞愧地告诉肯农："看它这么努力，再看看我，一直在自怨自艾，真觉得自己太愚蠢了。"他重新安上假肢，开始了训练。

斯库特尔站在一旁开心地笑了。从此以后，肯农先生每次去做义工，都会带上斯库特尔。在疗养院，斯库特尔与那些老人成了老熟人。它会直接爬上露丝太太的床，亲热地吻着她布满皱纹的脸。露丝太太因病长期卧床不起，斯库特尔的到来，给她带来了温馨，她觉得自己又回到了儿孙绕膝的家里，尽情享受着天伦之乐。斯库特尔开心地跑来跳去，一会儿像个警官，神情肃穆地踱着方步；一会儿又像个滑稽的小丑，逗得老人们哈哈大笑。

在康复医院和疗养院，斯库特尔越来越受到人们的喜爱，大家亲切地称它为"编外医生",它唤醒了人们心底对生命的热爱与渴望,让大家懂得珍爱生命。肯农常常用斯库特尔的经历来激励那些残疾或行动不便的人们:"有些事,斯库特尔都可以做到,我们为什么不可以呢?"

当然,斯库特尔不知道这些,它只是一只雄性猫,今年5岁。

一只流浪的狗

◇郭震海

这是一个很美好的清晨,它夹着尾巴,慢腾腾地走过曾经留下过辉煌的红星街。现在的红星街已经完全变了模样,改名叫"步行商业街"。同样是商业街,原来高低错落的商铺,如今成了整齐的高楼。它最喜欢的那家豆腐作坊不见了,变成了一家首饰店,它清楚地记得,豆腐作坊的老板是个满脸堆着笑容的驼背老头儿。

那时的清晨,当东方出现第一缕朝霞的时候,作坊新鲜的豆腐就出锅了,热气如浓烈的白雾席卷半条街道,清新的空气中到处都是香,那是新豆子粉身碎骨后的香,这时它会闻香而来,出现在作坊的门口。

"真是个馋鬼,闻到香气就来了。"作坊的老板,那个可爱的驼背老头儿,腰间系着一条深蓝色的围裙,看到它后笑笑,扔给它一块豆腐,它很精准地接在嘴里。其实它并不饿,它只是喜欢在清晨嚼一块豆腐。

现在一切都变了,它哑巴哑巴嘴,逗留在首饰店门前,使劲去回忆那豆腐的香。它知道自己如今没有任何优势,它是一只土狗,已经年老的土狗,没有漂亮的毛发,不会向人撒娇,它必须小心翼翼,一不留神就会招来脚踢或棍打。

流浪了5年,浑身带着伤,有皮鞋的踢伤,有钝器的砸伤,甚至有刀子的扎伤。一次它被几个人捉了去,准备吃它的肉,结果刀子下去后,发现狗老肉不够新鲜,就放了它,它死里逃生,感到幸运。

过去,它曾经是这条街上出了名的英雄。在一个风雨交加的夜晚,它独战5个盗贼,保住了一家丝绸店,自己受了重伤,被丝绸店的老板救活。后来,李家粮店、张家油坊、霍氏五金等,在一个个深夜,偷盗者还没有来得及行动,就被它成功击退。它威名远播,成为这条街上公认的英雄。那时,它昂起头来回巡视着这条街,四周商铺里的人跟它打招呼,给它食物,它集一条街的宠爱于一身,是何等威风。

"嗨,土老帽儿,你知道什么叫火腿吗?"这时,一个长得类似大松鼠的家伙远远地对它喊道。

"你这只讨厌的老鼠,那个西班牙水手当初怎么不把你扔到海里呢?"它说。

它知道那个家伙的身世,叫什么"比熊"。看它那样子,还有脸叫比熊。这些家伙早先在一个小岛上生活,后来跟随西班牙水手自一个洲转移到了另一个洲,13世纪时意大利水手又把它们带到了欧洲大陆上,后来慢慢遍布全球。

它躲过那只"大松鼠",它不想和它发生冲突,不是怕它,是怕牵着它的人。它感觉自己老了,脚步明显没有过去灵活,听觉和嗅觉都没有过去灵敏，反应变得迟钝。从何时走向落魄，它记不清楚了，总之没有固定的食物来源，还被那些外来的、仗着人势的家伙侮辱、欺负，它不敢反抗，如果惹来麻烦，轻者被打，重者丢命。

它已经两天没有吃东西了，很饿。尽管这条街已经不需要它了，甚至讨厌它的存在，它饿着肚子也会走，仿佛一种使命，每天必须走完一趟。只有行走在这条街上，它才能找回一点儿自信。它想昂起头走，或许是太饿了，刚一抬头，就感觉眼睛发黑，脚下的路变得模糊，它跌倒在地上喘息着。

"你这条死狗，快走开，别挡在门口。"商场门口的保安用脚狠狠地踢它，它感觉脑袋瞬间被踢碎了，它努力挣扎了几下，又跌倒了，它太饿了，感觉自己的生命正走向尽头。

上午，步行街正繁华。不同的人，各式各样的鞋子从它的面前经过，它奄奄一息，大口喘息着，有人踏着它的尾巴走过，有人踩住了它的爪子，它很疼，就是无力出声。

"为什么不打电话，让管理部门把这只死狗拖走？太影响市容了！"

"直接扔到旁边的垃圾箱算了。"

一些人在它身边议论着，有人踩着它的头说："看来这老狗是真死了，皮毛值不了几个钱！"

它很想动一下，心里想着却无力去指挥身子，身边嘈杂的说话声变得越来越缥缈，越来越模糊，感觉自己真的要死了。

"抓贼啊，他抢了我的包，抓贼啊——"

突然，一个女孩的呼救划破街道的安详。

一双运动鞋从它的眼前迅速穿过，接着是一双高跟鞋。它微微睁开眼,蒙眬中看到一个女孩追着一个男子跑,男子手里拎着一个女式皮包。

街上的行人纷纷躲闪,四周冒出无数部手机正在拍照。

女孩追不到抢包贼,累得蹲下身用手按着腹部,望着四周看热闹的围观者、拍照者、议论者,眼中流露出绝望。

就在这时,人们突然发现那只已经死去的老狗摇摇晃晃站了起来,只见它"嗖"地一下,蹿出好远。

是它,饿得奄奄一息的它,听到女子呼救和绝望的哭喊,仿佛听到使命的召唤,一股神奇的力量传遍全身,它浑身毛发突然竖起,猛地站起,箭一般向贼冲了过去。

抢包贼一声惨叫,被它扑倒了,它死死地拖住了贼,女孩的包被它夺了回来。

有人报了警,警察赶到现场,只见这只年老的土狗并没有伤害抢包贼,只是死死地咬着他的衣服,停止了呼吸。

一只自救的羊

◇宋伯航

在我生活的草原上,牧民喂养着成群的羊马牛等牲畜。它们不仅是家庭的重要财产,也是主人生活中主要的经济来源,牧民对待牲畜就如同自己的生命一样贵重。

夏末秋初是收获的季节,牧民收割着茂盛的牧草,牲畜也长得膘肥体壮。在以牧为生的巴合提看来,辛苦饲养的300只肥羊,终于能有个好价钱,这让他很是兴奋。

然而,就在巴合提等待出售草原羊的这段时间里,牧区下起了连天雨,让他安心的是牧草全部收完垛好,牧羊在草场养膘,他可以无忧无虑地专心经营销售。

雨持续了一个多月,天气不见放晴。突然,有一天,巴合提意外地观察到:羊群中有几只羊咳嗽不止,精神萎靡,食欲不强,离群掉队,他开始忧心忡忡,因为长时间阴雨低温天气,草原羊容易患上呼吸道感染病。

于是，巴合提用平时积累的牲畜疫病防治经验，急忙弄来薄荷、紫苏梗、黄栀子、柑皮等复方煎水，加食盐少许给病羊灌服，几个疗程后，患上呼吸道感染的几只羊，病情慢慢有了好转。

这天下午，巴合提走进羊圈，仔细清点数量，发现昨天掉队走失的一只病羊，离群后独自回来了。这只羊独立偏处，不停地磨牙，行为特别异样。

他担心这只羊患有急性传染病，因为附近的牧区正在闹病。这是腐败梭菌感染引起羊突然死亡为主要特征的急性传染病，有时病羊来不及表现症状就痉挛死亡，在牧区较常见，传染性极强，牲畜一旦患上这种病，很难治愈。

巴合提思前想后，决定把这只羊活埋掉。他骑马把羊驮到一个很远的山坡前，找了一片荒地，开始用铁锹挖坑。不一会儿工夫，埋羊的深坑挖好，当他依依不舍地把羊推进坑里时，羊只是含情地望着主人。

他铲一锹土，朝羊身上盖去，羊就抖掉身上的土，将前蹄趴到高处，他再铲一锹土，羊还是重复着这个动作，眼巴巴地看着他没有哀叫。

巴合提最终被震撼了，他痛苦无奈地注视着挣脱的羊，终于放下了手中的锹。羊奇迹般地得救了，它用自己的行动救了自己。

这也许是世界上每个生命本能的求生欲望，看似很简单，却在告诉我们一个很浅显的道理，一个人在低谷的时候，如果在心理上否定了自己，封闭了自我，不再求生，你将没有机会重新进入生命希望的通道。

巴合提抱起了牧羊，骑马返回。在他的精心照料下，牧羊不但恢复了健康，而且养得体健肥壮。没过多久，他四处奔波，联系买主，克服一切困难，最终迎来了一年中理想的收获。

　　在现实生活中，我们要面对许多对手，有的对手并不可怕，可怕的是你不能勇敢面对他，尤其是在你人生低谷的时候，只要你努力抗争，就会远离失败。

世间的猫都是旅人

◇邹左耳

阿瑟令我迷惑。

他似乎天生能够驾驭一切引人注目的因素——圆滚滚的眼睛,于他不过是平添几分霸道的挑衅;满身的虎斑纹,令他的美貌更彪悍,是一笔额外的反衬;就连他做坏事后的灰溜溜夹尾巴逃窜的表现,也似另蓄深意;而他的体形,越长越大,肉嘟嘟的,仿佛一个人类巨婴一样,你疼爱他都是应该,而他自己愿意不愿意长大,那是他的事情。而他望向你的时候,你除了微笑回应,做不来任何拒绝。

阿瑟来我家的时候,我正在一段情绪的低潮期无力自拔。但与嘉宝那美艳中暗蓄一种巫光的气质相较,阿瑟如小兽般蓬勃的野气,更得我心。他可以在深夜从床头跳到床尾,从我的腹部踩到我的脸,只为与看不见的某个对手完成一场对决,从而成功地让我的睡眠成为一场噩梦,他也可以在我不在家的时候,公然在我的沐浴间里小便,仿佛宣告便溺在此也是一种环保行为,甚至他还可以不告而别,让我自此背负着孤独的、无法献出的、毁灭性的一种爱情。可以毫不夸张地说,所有坏的、令人心软的、让人难忘的难过的故事桥段,都是他为我演绎的。

对于一只猫咪来讲,通灵性,毋宁说是一种天分。

此时,他已经离开我两年零一个月了,但我念兹在兹却是他初来我家,背对我站在阳台上仰望星空的背影,那背影里有明显的衰老与天真。那背影让他看上去像被抛弃过无数次的弃儿,同时又像是初闻世界的赤子,正在等待生命中第一个吻。

我很清楚地记得我们开始共同生活在一起的一切细节。他怀疑地看着我,迟疑地想靠近我,犹疑地接受我的抚摸……他无偿地袒露他的肚皮给我爱抚的那天是中午,阳光明媚。他圆滚滚的肚皮在他身体的凹凸间浮荡着危险而魅人的银灰色光泽。我仿佛触及了一段惊世秘密而小心翼翼。

年轻的肉体,却盘踞着一个老灵魂。这让阿瑟看上去矛盾极了,世故的同时又似纯真。

这场我与他的相逢就像这世上所有见不得光的爱情一样,一度怒放的,只要不死,一样敌不过秋天轻声说"你凋谢"。

2012年9月17日,阿瑟不告而别。在他走后,我觉出每次秋天都有告别。2014年10月13日,秋阳高照,离别如是。

也许我应该再等久一些再来描述这些离别。但我很怕那时候我已经老了。我曾经得意的不顾一切表达的锋芒已被时间笼上一层光晕,而阿瑟带给我的治愈功能也已淡化。但我难以自禁,不想等待。因为那场分别过于强烈,像是一道艳丽的伤疤。我必须谈论他,否则就无法继续谈论其他任何猫,和面对任何其他猫的离去。

是的，在阿瑟离去后，我又面对另一些猫咪的离去。

我是个很舍不得的人，如果生存空间足够大，我前行的速度足够快，我舍不得丢弃任何以往的东西，我会放任自己的沉溺。挥别过去的人、遗弃的旧物、离弃的宠物都会想好好留下来。在记忆的存档处，为他们建一个文件夹，慎重加密，轻易不启。但我这一生总有诸多不得已，反反复复辗转打望，而所得局促空间逼仄，却又总想要更多，为了更远的路，我只能一再告别。

但我心里多么不舍。

如果要为世界上所有的猫咪编纂一部词典，在属于他的词条下，我会这样注解：阿瑟，一种美丽的陪伴，具备强烈的存在感，你能通过他对周遭事物来触及感情的万顷波澜，也能通过他忘记世间一切来过和离去。他不是一只猫，他是一个令人难以忘记的旅人。

老人与猫

◇蔡 澜

我和岛耕二先生认识,是因为请他编导一部我监制的戏,谈剧本时,常到他家里去。

从车站下车,徒步十五分钟方能抵达,在农田中的一间小屋,有个大花园。

一走进家里,我看到一群花猫。

年轻的我,并不爱动物,被那些猫包围着,有点儿恐怖的感觉。

岛耕二先生抱起一只,轻轻抚摸:"都是流浪猫,我不喜欢那些富贵的波斯猫。"

"怎么一养就养那么多?"我问。

"一只只来,一只只去。"他说,"我并没有养,只是拿东西给它们吃。我是主人,它们是客人。'养'字,太伟大,是它们来陪我罢了。"

我们一面谈工作，一面喝酒，岛耕二先生喝的是最便宜的威士忌SuntoryRed（红牌三得利），两瓶份一共有一点五公升的那种，才卖五百日元，他说宁愿把钱省下来买猫粮。喝呀喝呀，很快就把那一大瓶东西干得精光。

又吃了很多岛耕二先生做的下酒小菜，肚子一饱昏昏欲睡，就躺在榻榻米上，常有腾云驾雾的美梦出现，醒来发觉是那群猫儿用尾巴在我脸上轻轻地扫。

我浪费纸张的习惯，也许是由岛耕二先生那里学回来的，当年面纸还是奢侈品，只有女人化妆时才肯花钱去买，但是岛耕二先生家里总是这里一盒那里一盒，随时抽几张来用，他最喜欢为猫儿擦眼睛，一见到它们眼角不清洁就向我说："猫爱干净，身上的毛用舌头去舔，有时也用爪洗脸，但是眼缝擦不到，只好由我代劳了。"

后来，到岛耕二先生家里，成为每周的娱乐。

我们一起合作了三部电影，遇到制作上的困难，岛耕二先生的袖中总有用不完的妙计，抽出来一件件发挥，为我这个经验不足的监制解决问题。

半夜，岛耕二先生躲在旅馆房中分镜头，推敲至天明。当年他已有六十多岁。辛苦了老人家，但是我并不懂得去痛惜；不知道健壮的他，身体已渐差。

羽毛丰满的我，已不能局限于日本，飞到世界各地去监制制作费更大的电影，不和岛耕二先生见面已久。

逝世的消息传来。

我不能放弃一班工作人员去奔丧，第一个反应并没想到他悲伤的妻子，反而是那群猫怎么办。

回到香港，见办公室桌面有一封他太太的信。

……他一直告诉我，来陪他的猫之中，您最有个性，是他最爱的一只。（啊，原来我在岛耕二先生眼里是一只猫！）

他说过有一次在槟城拍戏时，三更半夜您和几名工作人员跳进海中游水，身体沾着漂浮着的磷质，像会发光的鱼。他看了好想和你们一起去游，但是他印象中的日本海水，连夏天也是冰凉的。身体不好，不敢和你们去。想不到你不管三七二十一地拉他下海，浸了才知道水是温暖的。那一次，是他晚年最愉快的一次经历。

逝世之前，NHK（日本放送协会）派了一队工作人员来为他拍了一部纪录片，题名为《老人与猫》，在此同时寄上。

我知道您一定会问主人死后，那群猫儿由谁来养。因为我是不喜欢猫的。

请您放心。

拜您所赐，最后那三部电影的片酬，令我们有足够的钱把房子重建，改为一座两层楼的公寓，有八个房间出租给人。

在我们家附近有间女子音乐学院，房客都是爱音乐的少女。

岛先生死了，大家伤心之余，把猫儿分开拿回自己房间收留，活得很好……

读完信，禁不住滴下了眼泪。那盒录影带，我至今未动，知道看了一定哭得崩溃。

今天搬家，又搬出录影带来。

硬起心放进机器，荧光幕上出现了老人，抱着猫儿，为它清洁眼角，我眼睛又湿，谁来替我擦干？

猫　神

◇徐德亮

在世界的某个地方，有供奉猫神的风俗。那里的人视猫如圣物，不敢相侵，所以村里村外有不少野猫，生活得滋滋润润，甚至有时直接去人的厨房里偷点儿剩鱼残肉，也绝不会被主妇们持杖追出。

村外有棵参天大树，无比高大，枝叶遮天，据说，猫神就住在大树上，它是村里一切人办一切事时的主心骨，比很多地方的狐仙爷地位还高。狐仙爷虽然灵，人们往往只想着别得罪它，而猫神则是融合了山神爷和土地爷及各种神仙的功能，这里的人，婚丧嫁娶求财求寿诸事，全去求猫神。

老人常说："就因为咱们村有那棵神树。从上古时期，那棵大树就存在，大树连着山根，猫神住在树上，守着山根，护着水源，平衡阴阳，调理动静。那棵树上有很多动物，但是很少有猫，当人能看到树上有猫时，那就是猫神开恩，准许人类去拜它。"

先不管后生们的频频点头，我们把视线放到那棵古老而神奇的大树上。其实那棵大树并不怎么神奇，它只是多活了些年月，多长了些枝叶而已。大树上有各种动物，但确实只有极少数的猫，很多时候只有一只。

这并不奇怪，猫并不是群居动物，也不是树上动物，而且大多数野猫都去村里享福了，只有性格孤僻的猫愿意独自趴在树上发愣。

现在住在树上的猫，是一只年幼的小白猫。它愿意住在树上，是因为太胆小和太内向，都不太敢从树上往下跳。它从很小就被各种大动物追，爬上树来，好几天不敢下去。后来发现树干足够宽，在上面蹦跳逮小鸟都可以，就不想下来了。

好几次它看见树下有人看它，指指点点，它就羞涩地躲到树枝后面。

后来就老有人来树下，摆上几盘肉，朝着它拜，口中念念有词。它知道他们是为自己来的，但也听不明白，只能再羞涩地躲到树枝后面。

等人走了，它就跳下树来吃掉一些肉。其他动物，像树上的猴子、树下的野猪，都和它抢，它就再羞涩地跳回树上。第二天那些人来收盘子时，看到肉少了，就会很高兴，如果只剩空盘子，他们就会高兴得忘乎所以。

年幼的小白猫根本不知道他们在高兴什么，它只坐在树上，舔自己的爪子。

据树上最年长的猴子说，这些年只要有猫来树上住，就会发生这种情况。所以它们虽然很不乐意有猴子之外的动物来树上住，对小白猫的到来也没过度表现出不欢迎。

又有人在树下摆上了香案，有人跪在香案前，纳头便拜，嘴里说："猫神爷爷，小的全家都染了传染病，又没钱请大夫，请猫神爷爷救命。"之后就哭得不行。

小白猫虽然听不懂，心里也觉得他们哭得可怜，从树枝后探出半张脸，很关切地看着。

人走了，小白猫的心情还是不好，没下去吃肉——肉都被猴子吃了。后来有好几只猴子一直在拉肚子，它们都说那肉是带人畜共患的病毒的。

又有人来跪拜小白猫了："猫神爷爷，我们家打水的水桶丢了，您开恩给帮着找找。"小白猫知道他们是看自己来的，依然很羞涩，从树后探出半张脸看着他们。

猴子们对这没大兴趣，因为以它们的经验，丢失的东西的价值如果比肉低，是绝不会献上一盘肉的——果然，这次是一碗清水。

小白猫倒是很高兴，起码今天不用下树去山泉边找水喝了。

树下又是人声嘈杂："猫神爷爷，今天小女成家，请您保佑她平安美满，富贵荣华。"然后就是一群穿红的人，拿着唢呐冲着大树一通吹。猴子们吓得都爬到了树顶。小白猫倒是很喜欢看热闹，瞪着大眼睛，看得入了神。

村口的老人们教育后生的语气又加重了许多。"张老二家闹瘟疫，猫神保佑，才死了三个人。""李四嫂的水桶，拜完猫神回来就在门后头找着了。""张村长女儿成亲，嫁的丈夫是省里的公务员，别提多顺心啦。"后生们频频点头。

后生们也都去拜猫神了，拜得比老人们还虔心。

小白猫依然很羞涩，躲在树后，露出一只大眼睛偷看，都不好意思叫一声。

猴子们也就抢得了更多的肉。

终于有一天,一个后生顺着神树的树干爬了上来,在第一根横枝上站定——小白猫正躲在离他不远的树枝后,有点儿奇怪地看着他。这个后生昨天来过树下,还留了肉,小白猫记得他。

后生居然一把把小白猫抓了过来。小白猫吓得大叫,又不好意思咬那后生的手。

后生很粗野地攥着小白猫,它是那么小,以至于后生一只手就可以攥着它。小白猫第一次离人的脸这么近,但它可没心情观察它,它吓坏了。

它看见后生的眼睛里流下了泪,然后听见他大声哭叫:"什么猫神,你为什么不让她爱上我?我求了你那么多次,给你供了那么多肉,她还是和张柱子好上了。她那么漂亮,每次赶集我都看她半天,就是不敢跟她说话,只能回来求你。可我还没跟她说过一句话,她居然和张柱子好上了!你,你,我也不想活了,我要捏死你。"

后生喊着,但光顾流眼泪,手上没使劲。小白猫只想逃走,但怎么挣扎也逃不脱,吓得乱哈一气,方寸大乱。猫神变成了神经猫,可它也从来没把自己当过神呀。

后生坐在树枝上哭了很久,才想起猫神还在自己手心里攥着,细看时,小白猫气若游丝,连哈的劲儿都没有了。后生又哭了:"你这个小可怜儿,你可得好好地活呀,唉,我怎么就把希望都寄托在你身上了呢?"

后生把小猫放下,抹抹泪,溜下树走了。

这事除了猴子们,没人知道,所以树下依然常有来拜的人。但小白猫经过这一吓,再也不敢离人太近了,每次都高高地跳开。肉都便宜了猴子。

过了几年,村里的老人说,有一个后生离开村子,去了大城市,成了包工头,挣了好多钱回来,本来邻村的一个女娃子正谈着恋爱,结果没两天就跟他结婚,一起去大城市了。"唉,"老人们感叹,"咱们有猫神保佑,诸事顺心啊!"

后来这个地方依然供猫神,猫神在村民心里越发神圣和灵验,但如你所知,它依然什么事都不管。

美人比路与英雄亨利

◇ [美] 柯芮·琼丝

在我养的两只猫中,我一直认为比路是较有可能名气远播的那只,因为它又聪明又美丽,就跟月历上会出现的橘黄色模特儿猫一样漂亮,而且非常外向,会翻过身来要求我们家的每个客人抚摸它的肚子,还会跟他们变成好朋友。而它的兄弟亨利——有着大脚掌和黑嘴巴的虎斑猫,也就是较笨的那只,却在2003年的夏天,将我从鬼门关前救了回来。

当时我正在新罕布什尔州的湖边避暑小屋里度假。在7月下旬的某天下午,我坐在院子里看书。那天天气很晴朗,温度很低,湖水不时地轻拍着岸边。我听到亨利特有的短而尖锐的叫声,进屋查看,发现它窝在卧室的窗台上,非常专注地看着我。我觉得非常奇怪,因为亨利从来不曾跑到那个窗台上坐着,而且那个时间它也从来不曾醒着,都是在睡午觉。它又对着我叫了好几声,但我只喊了它一声后就又回去看书。它还是持续地喊叫着,这时我发现我的右手和右腿有种怪异的麻木感，我想活动一下就好了，于是决定去游几圈。湖水确实管用，那种麻木感消失了。

但是事情还是很不对劲——这点亨利十分清楚。那天傍晚，它一直在我脚边绕来绕去。当晚，它不寻常地睡在我头左侧的枕头上，它从来没睡在这个地方过的，而是通常睡在我的身体旁边，比路则是躺在我的脚踝上。那天半夜我醒过来好几次，感到非常不舒服：又晕眩又反胃，整个人昏昏沉沉的。我疑惑地想着，我该不会得了什么肠炎而闹胃疼吧？

早上我醒来后，晕眩感已经消失，但麻木感又出现了。这时亨利一直用头撞我的肩膀。当我准备起身要站起来时，我竟跌倒在地上，但我还是能够再站起来很正常地走路。现在，亨利用一种十分哀恸的声音大声号叫着，一直用这样尖锐的声音叫个不停，最后我终于领悟它想传达的信息了：有件事情出了很严重的差错！我了解到自己一定得去医院一趟才行。

然后，我做了一个有史以来最愚蠢的决定：我不想让我丈夫担心，所以我决定不吵醒他，自己开车到医院去看急诊——用我那台手动挡的休旅车，开了整整25公里远。奇迹似的，我一路上都没发生任何意外。经过一连串的检查，三个小时之后，我才知道亨利前一天感觉到或闻到的不寻常状况，竟是因为我在过去24小时内有着渐进式的脑卒中。

当我用有些不正确的发音和顺序颠倒的句子告诉他们亨利给我的警告，并说："它……救了……我想是……救了我的生命……"病床旁医治我的那些医师听了都十分感动。

事情已经过去一年了。它们仍跟平常一样展现它们对我的爱意：比路会翻过身来，给我看它漂亮的小肚肚；而亨利则会一边展示它那短而尖锐的叫声,一边跳到我的膝上凝视着我。

"你是怎么知道的?"我有时会这样问它,但我得到的答案永远只是它低沉震动的呼噜声。不过这一点儿也不打紧。当我们看进彼此的眼睛深处,我们之间人与猫的差异就会消失不见。我们会这样坐着一直凝视着对方,再也不是一只猫与一个女人,而是单纯的两条生命,会为对方奋力做到这世上的任何一件事。

一只能够知生死的猫

◇李桂杰

不久前参加了一位画家的新闻发布会,那天下午天有点儿阴,发布会的气氛也稍显沉闷。画家留着乱糟糟的长发,看上去很粗犷,像一位行者,他的画作都是画燃烧的岩浆、月亮下的山峰、干涸的土地之类的题材,原始,粗犷,很有宗教感。其中有一幅画的名字是《爱上一只猫》。画面的意境是夕阳西下时,一座上半部被晚霞照得通红的山峰,山峰的高处是一只猫的身影,幽蓝色的猫,正扭头眺望着远方。

我对这幅画的意境产生兴趣,为何不是狼,或者狐,而是一只猫?画家告诉我,他真的养过一只猫,名字叫作妖精。那只猫很奇怪,不喜欢人抱它,总是独来独往,精灵般悄无声息。猫与画家很有感情,似乎能够懂他的画一样,总是跑到画室去静静地观望他、陪伴他。

但15年之后,这只从来不让他抱的猫咪却突然开始与他亲近起来，主动走到他的身旁，让他抱着自己。"那时候，它快要老死了，我知道，这是最后的告别。"说到此处，膀大腰圆的一个汉子突然哽咽起来，"我用画作怀念那只知道生死的猫。"

有了故事，画家的作品开始变得血肉丰满起来。

听说过的另外一个有关猫的故事，和季羡林先生有关。

季羡林先生晚年以养猫为乐。他养过的一只猫也是很老很老了，看样子过不了多久就要死了。有一天，那只猫悄悄地走了，没有再回家。季羡林很着急，他和保姆一起在猫咪平时爱去的地方四处寻找，湖边、门口的花丛里，甚至垃圾箱旁边，但是都没有见到那只猫。季老后来不再找了，他心里一下子明白了，猫知道自己快死了，它不愿意让主人看见，自己跑到外面悄悄地死去了……

动物能够陪伴人是人类的福气，如果遇到一只能够知生死的猫，我们会心存感激，一辈子不会忘记它。

第四章 爱恨离别里,有相依相伴

杀不死的黑斑

◇［美］杰克·伦敦

一

我现在憎恨斯蒂夫·马凯。如果我再看见他，我可能会杀了他。可就在几年前，他还是我最要好的朋友呢！

还是让我从头给你们讲这个故事吧。那年到了深秋，我们才动身去克隆代克。时间太紧迫，而当时又很难买到狗。我们的狗每条花去了大约100美元，其中有条黑斑狗，价钱比其他的还要贵些，大约110美元。

这条狗看上去很棒。我说"看上去"，因为我们不久即发现它事实上并不怎么样。它只是看起来不错，个头儿大，一身毛皮白棕两色相间，很漂亮，尤其是身上还有一大块十分醒目的黑斑，所以我们叫它黑斑。它很壮实，眼中透着机灵，依我看它是阿拉斯加最壮最聪明的狗。

黑斑空有一身力气，却从不使用；它会使它的小聪明，却用不到点子上。

一会儿你们便会明白它是如何使用它的小聪明的了。

二

黑斑最大的问题是：它不肯干活！当我们第一次给它套辕时便发现了这一点。该出发了，斯蒂夫发出命令，所有的狗都开始拉，只有黑斑静静地站着。斯蒂夫用鞭子抽它，它还是不动，再抽它，比前一次重一些，可仍然没用！黑斑始终原地不动。这回斯蒂夫大怒，狠狠揍了它，但它仍然纹丝不动。

我疾步走到斯蒂夫跟前。

"你为什么打这狗？"我问。

斯蒂夫不答，只是将鞭子交给我便走开了。我拿过鞭子也开始抽这条狗，而且抽得那么狠，我甚至想也许它活不过明天了。但仍然是毫无用处！我驱动了其他的狗，可是黑斑还是不动，它在雪中滚来滚去，就是不肯向前走。

行了，我们不可能让这条狗干任何活儿！

但你们简直想象不出它的饭量有多大！而且为了弄到吃的，它有多狡猾！

我们经常没晚饭吃，为什么呢？——你们肯定会问。因为黑斑吃掉了我们的全部食物。

三

不过，黑斑不仅仅吃我们给它的食物，不管在哪儿，只要有吃的，它都毫不客气。那个冬天，我们真不知花了多少钱买肉、火腿和其他好吃的东西，而这些东西你们以为是我们吃掉的吗？不，是黑斑吃的。通常它去偷人家的东西吃时总被发现，于是人们便找上门来要我们为这些食物付钱。

那我们为什么不杀掉它呢？——你们可能会问。是呀，我可以告诉你们，我曾试图杀掉它。一天，斯蒂夫对我说："够了，我们必须杀了它。"

我回答说："是啊！够了，我们得结果了它。"

于是，我把它领进森林，远离其他的狗。然后我停下来，拿出左轮手枪，但这时我看见了它的眼睛。告诉你们，我感到下不了手。当我望着它盯着我的那双机灵的眼睛时，我就觉得好像要杀死的是一个人一样。它那双眼睛似乎在对我说话："你恨我，但你不能杀我。"你们知道我干了什么吗？我回去对斯蒂夫说："我没法杀掉那只狗。"斯蒂夫笑道："我想我能。"两三天后，他再次将黑斑领进森林。但没多久他又将它领了回来并对我说，他也下不了手。"它有一双如此机灵的眼睛。"斯蒂夫说。

四

既然我们杀不了它，便设法卖掉它。它看起来是条很棒的狗，所以人们会很乐意买它。不久，我们以75美元的价格将它卖给了警察局。我们朝北走，而警察局则向南去——所以我们想——再见了，黑斑老伙计！告诉你，摆脱了这家伙，我们高兴极了！六天平安地过去了，但就在第七天的早上，它又回到了我们中间，而且和其他狗展开了一场可怕的殴斗。两天后我们又将它卖给一个官方信使，这回仅过了三天它就又找回来了。

我们在阿拉斯加度过了整个冬季。我们挣了点儿钱，有工作所得，也有卖黑斑所得。我们将它卖了10次、20次、30次，但每次它都找回来，倒也没人来找我们要钱。卖它很容易，因为它看上去是那么棒。我们最高卖到过150美元，最低25美元。我们把它卖给过猎人、警察、医生、信使，但它总能找回来。终于，大家都知道了这只黑斑狗的底细，再也没人愿意买它。

五

但我们不能让这条狗跟着我们，它吃我们的食物，却不干活儿，而且把别的狗也给带坏了。

我们必须采取些措施。一天，我们带上所有的狗坐船沿余贡河而下。我看到前面有一座小岛。

"我们把它留在这岛上吧。"我对斯蒂夫说。"好主意！"斯蒂夫附和道，"好，我们就把它留在这岛上。"

我们开始卖力地划船，很快便靠近了小岛。黑斑待在小船的前部，斯蒂夫将它一推，它便落入水中。但马上它便爬上了小岛，而我们很快便远离了它，来到了河中央。河中的水流很湍急。

黑斑站在小岛上望着我们。当时它没有游过来跟着我们，但它很可能后来游到河对岸，因为当我们来到多森时，它已蹲在河边等着我们。

我们不止10次地将它留在余贡河上的各条汽船上，但它总能下得船来，并在一两天后找到我们。

六

一天，黑斑从多森市丁文迪少校家偷了块肉，但被丁文迪看见了，他立即拿起他的枪，向黑斑射击。

你们以为他杀死它了吗？没门儿！一名警察走来对丁文迪少校说："你在市里开枪必须付5美元。"这样少校为在市区开枪被罚了5美元。斯蒂夫和我则为那块肉付了5美元。那年多森的肉价很高。

一月的一天，我们来到余贡河上一个离多森城不远的地方。河上冰厚达1米，但仍有一些冰窟窿。太好了！黑斑狗掉进了一个冰窟窿，水流把它冲了下去。"这就是黑斑的下场。"我自言自语道。但再往下游行进了近百米，又有一个大冰窟窿，你们猜怎么着？黑斑从那儿钻出来，抖掉了身上的水，立刻便与一只站在岸上的纽芬兰大狗展开了一场搏斗。

但是有一天，黑斑离开了我们，而且两个月后才回来。事情是这样的，我们住在阿拉斯加一个偏远的地方，没有足够的食物，春天来临，我们等着河水解冻，我们很饿，并决定吃狗。这时，黑斑就逃之夭夭了。一天又一天，我们等着它露面，但它不见踪影。逐步地，我们把狗一条条地全宰了吃掉。

现在，我来告诉你们它是怎么回来的。当时一条大河解冻，百万吨冰块漂浮在河中。突然，我们看到了在河中央的黑斑。我们以为它不会过来，因为太困难了，成功率仅有百万分之一。但只一会儿，我们看见它跃过一块块浮冰，朝我们奔来，它不下20次掉进水里，又爬上来，最后终于上岸来到我们身边。

七

一两天后，河水完全化冻了，我们将船推下水并出发前往多森城。当然我们没带黑斑，我们把它留在了岸上。但你们猜我们在多森第一眼见到的是什么？是那条黑斑狗——它蹲在河岸上，等着我们。

咪玛护士

◇［美］娜塔莉·苏亚雷斯

当我还是个小女孩的时候，曾经因为严重的头痛而住院好几个月，医生却怎么都检查不出病因。后来，终于诊断出我罹患的是偏头痛，我接下来的人生可能都得依靠药物来控制病情发作。

上了大学，我很不幸地遇到一位庸医，指称我会头痛完全只是心理作用，并停掉我所有的药物治疗。在那段时间，只要我的偏头痛一发作就让我体力尽失，甚至迫使我躺在床上，关在窗户紧闭并开着强力冷气的房间里休息好几天。在这种时候，我会持续地感到头晕目眩，双手抖动得十分厉害，严重到连拿书阅读或是敲打键盘都无法办到。

在这段极为痛苦的煎熬中，我一只眼睛的视力甚至急剧退化。而在我又犯偏头痛的时候，医生终于开了注射液的处方笺给我试试看。就在我到药局拿处方药后要进屋前，我遇见了咪玛。

我听到附近一辆车的底下传来一阵小小的猫叫声，于是蹲下来看是怎么回事。有一只瘦弱的小花斑猫躺在油箱的下方,可怜兮兮地叫着,期望有人可以注意到它。它全身的毛东掉一块、西掉一块的,身上到处都是跳蚤,我甚至看到一只跳蚤从它的鼻子爬过去。一开始我以为它的腿可能断了,因为它的两只腿用一种很不自然的角度从身体下方伸出。但后来我叫它的时候,它缓缓站了起来走向我,我才发觉它只是因为太虚弱,没有力气将腿好好缩到身体旁边。

它一看到我手上没有食物,又立刻转身回汽车底下躺着,继续"喵呜"地叫着。我怕如果我离开太久的话它会发生意外,于是赶紧跑回家,找到一样它应该会吃的东西后就又跑了回去。我将起司块敲成碎片,放到车子底下给它吃,然后我又回到车上,直接开到宠物店。

我买了一个宠物提篮,另外还为它取了名字,并将它带到兽医诊所检查之后,便带它回我的家。它既惊又恐,冲到我的床下躲了好几天,我只能从猫食确实有减少来得知它还安好无恙。

在刚开始的几个礼拜,咪玛能躲我和我丈夫多远就躲多远。它经常躲在浴室马桶的后面或两个柜子的夹缝中,只要我们一靠近,它就会倏地一溜烟跑开,如果来不及逃离,它会紧张地把身体紧紧贴在地上。

又大约过了一个礼拜,一天我正窝在沙发上替咪玛钩织一张温暖的毯子,刹那间有史以来仅有的几次严重程度的偏头痛突然侵袭而来。我的胃上下翻转,我挣扎着往浴室走去,双手不自主地剧烈抖动,手中的钩针和毛线滚到地上。

在我好不容易又回到沙发后,我平躺下来,用一条又湿又冷的毛巾盖在脸上。我的头简直像是快爆炸一样,真希望这时我的丈夫是在家里而不是在上班。

突然间,我感到有东西有一阵没一阵地戳着我的肋骨。我睁眼一看,发现咪玛正小心翼翼地用脚掌按摩着我的胃部,脸上的表情异常专注。我朝它伸出手,它把头靠过来摩挲着我的手掌。我后来唯一清楚记得的是,它的身体竟是如此柔软。我双手紧抱着咪玛,感受着它的温暖,一下子就沉入梦乡,而且睡了好几个小时。

当我醒来之后,咪玛还躺在我的胸前,它的下巴靠在我的肩颈上,不时地打着盹。它的一只脚掌伸了出来放在我的脸颊上,像是在我睡着的时候它曾经摸我的脸似的。

当它睁开一只绿色眼睛的时候,我突然发现自己的头已经不痛了!我惊讶地坐直身子,咪玛滚到我的膝上。它不满地对着我叫,我赶紧再将它好好地摆在我的大腿上。

自从那天之后,咪玛就知道我什么时候会开始头痛。它会先哄我躺到沙发上,然后爬到我的胸前躺下,那张小脸就近在我的眼前。在我还没意识到剧烈的头痛之前,它的呼噜声就已经让我进入梦乡了,疼痛也迅速地随之消失。

这些年来,咪玛证明自己远比任何一个医生所开的任何药物还要有效,而我们之间的牵绊也一天比一天更加紧密与深刻。我真的感到自己非常幸运,这辈子能拥有这位咪玛护士来照顾我。

你好，萌大人

幸福蜥蜴

◇ [美] 马丁·塞利格曼

我的老师杰恩斯在他的实验室中养了一只稀有的亚马孙蜥蜴当宠物。头几个星期，蜥蜴不肯吃东西，不论杰恩斯教授如何费心，它就是不肯吃。老师给它吃生菜、坚果、超市买回来的肉馅，甚至捕苍蝇、捉昆虫，还把水果打成汁……这些都没用，蜥蜴一天天消瘦，眼看就要饿死。

有一天，杰恩斯教授带了一个火腿三明治做午餐，他分了一些给蜥蜴。一如既往，它没有兴趣。接着，杰恩斯拿起报纸来看，当他看完头版时，他把报纸放在火腿三明治上。蜥蜴看到后，立刻在地板上匍匐前进，跳上报纸，把火腿三明治扯碎，把它吞下。原来，蜥蜴需要潜行攻击、扯碎食物后才会吃东西。

蜥蜴已经进化成需要匍匐潜行、攻击、撕裂，然后才进食。猎食是它的优势和美德，这对蜥蜴来说很重要，如果它没有发挥自己的优势和美德，胃口就不会苏醒。动物一日不作一日不得食，它们没有幸福的捷径。人比蜥蜴复杂多了，而放弃优势和美德，也会使财富加身的人沮丧、抑郁，至少在心灵上饿死。

放弃容易得到的愉悦，而去追求比较费力的满意，刚开始时很难。打网球、参加充满智慧的交谈、阅读罗素的书都可能让你满意。看电视、闻香水的味道不会带给你挑战，吃百吉饼或看足球赛并不需要技能或努力，也不会带给你失败。

愉悦是个有效的动机来源，但是，它不会给你带来改变。我们天生就会满足自己的本能欲望和需求，获得舒适和放松……享受一件事却不一定是令人愉悦的，它很可能是非常紧张的、有压力的。登山者常面临冻死或坠入山谷的危险，常会精疲力竭，但是，他们乐在其中。在蔚蓝的海边，躺在棕榈树下喝鸡尾酒当然很好，但这与在冰天雪地的山脊上的狂喜是不能相提并论的。

有些人会问："我怎样才会幸福？"这是一个错误的问题，当你一生都在追求积极情绪时，你也许找不到真正的幸福。亚里士多德2500年前就问过真正有趣的问题："什么是幸福的生活？"我的回答是，找出你的优势并发挥它。

一条有愿望的狗

◇流 沙

　　这是乡下一条十分普通的狗。我从来没有想过,一条狗还有什么喜怒哀乐,还有什么愿望和梦想。

　　但后来,我发现,这是一条有愿望的狗。

　　门口有一条水沟,五米见宽,每到雨季,沟里水流湍急。我记得那是一个春天的下午,狗蹲在沟边,看着沟里的水发呆。然后,它慢慢退到离沟十多米远的地方,蹲下、发力、奔跑,冲向水沟。我目瞪口呆,不知道这条狗到底要干什么。快到沟边时,它一个"急刹",停住,嘴里发出"呜呜"的声音。

　　我突然明白,这条狗是想跃过这条水沟,但它显然办不到。我暗暗观察着这条狗可笑的举动,它一遍又一遍,不厌其烦地尝试着。有一次它都快冲到了沟沿,快要跃起来了,又重重地落下,掉在了沟边的泥潭里。

　　发现一条狗的秘密,是一件十分有意思的事情。此后,我就开始注意这条狗了。每每听到狗吠,我的眼光就会被它勾走,看它是不是在练习飞跃。

一个雨后天晴日,记得是清明后的第三天。水沟里涨起了水,水流仍然很急。我听到那狗在叫,叫声有些奇怪。我从窗口探出头来观看,那狗蹲在地上,莫名其妙地叫唤着。

我就看着它。

突然,它发力了,奔跑起来,嘴里仍然"汪汪"叫唤着,它像箭一样奔向水沟。我以为它会停下来,但是它没有,身子从沟沿处跃起,在空中划出一道黑色的弧线,然后重重地落下来,在水沟里砸出一朵大大的浪花。

我目瞪口呆。

它没有成功。狗是会游泳的,但它在湍急的水沟里挣扎着。我急急奔向水沟,想拉它上来,但到水沟处,狗早已不见了踪影。我赶紧骑车赶到下游的堰坝边,狗浮了上来,眼睛睁得大大的,四条腿张着。

我说这条狗有一个梦想,想飞过水沟,但没有成功,所以淹死了。但更多的人说,被水淹死的狗是非常少见的。

我想许多人不会相信我的描述,因为它只不过是一条普通的狗。在农村,每到冬天,这样的狗还会被宰杀。但我想,你可以不去尊重一条狗,但不能不尊重它的梦想。

现在,每每我乘机外出,飞机在跑道上加大油门助跑时,我的脑海中就会出现那条狗的模样,心里不由自主地喊着"加油、加油"。飞机"轰"的一声腾空而起,我仿佛看到那条狗,从水沟边跃起,飞过了那条水沟,稳稳地落在了沟对面的青青草地里,它发出"汪汪"的兴奋叫声。

香蛇的渴望

◇程 刚

在圭亚那山区的村庄里，经常可见一种很小的蛇，这种蛇无毒且性格温驯，身上还能散发出诱人的香味，几米远的地方都可以闻到，这种香味还有防虫、防蚊等作用，人们都管它叫香蛇。

圭亚那属于热带雨林气候，因为自然环境多雨，气候潮湿，因此，在乡村有大量的蚊子滋生。在这种情况下，当地人便捕捉香蛇来驱蚊。香蛇被捉后，当地妇女就会将它的身体蜷缩起来，绞成一种美丽的"花斑"，然后用特殊的胶水洒在它身上定型，制成美丽的耳环戴在耳朵上，既漂亮了自己又能驱赶蚊虫。

可这样却害惨了香蛇，它们不但要承受身体强烈蜷曲所带来的痛苦，更要承受化学胶水带来的疼痛，甚至要面对被饿死的境遇。一个动物保护组织企图通过他们的努力，改变香蛇这一悲惨的命运，可当地人却强调他们并没有害死香蛇。而事实也证明，许多香蛇被制成耳环后真的没有死，那么，是什么力量让香蛇在遭受如此摧残之后还活着呢？

　　一位科学家观察到了两个细节：一是香蛇被捉后，闭上眼睛任人摆布完全不反抗；二是它的身体开始变干往往是从尾巴开始。科学家确定这是对生的渴望而采取的一种身体调节。不反抗，是在保存体力，从尾巴开始变干，是要保护身体最重要的头部。几天后，被捉的香蛇身体机能开始下降，香味也逐渐消失，当地人便会将它抛弃而寻找新的香蛇。而此刻的香蛇虽然已奄奄一息，但它只要一接触地面，一接触到草叶，就会使出全身最后一点儿力量迅速地补充食物和水，然后待在原地不动静养，不久便会缓过来。因此，许多香蛇一生被捉到好多次，但每次都能顽强地活下来。

　　香蛇的命运固然是可怜的，但它对生的渴望却给了我们深刻的启迪。面临绝望，许多人会不知不觉地选择放弃，进而失去生命，为什么不学一学香蛇，努力调整自己，顽强地活下去呢？

动物的"职场美德"

◇蒋骁飞

1

一只饥饿的秃鹫在草丛里发现了一只死去的麋鹿,它兴奋地在空中盘旋几圈之后,突然又转身飞去。这是为什么?十几分钟后,谜底终于揭开:从荒原的另一端一下子飞来数十只秃鹫,它们就像一股黑色的潮水涌向草丛中的那只麋鹿,然后大快朵颐。不一会儿,肥硕的麋鹿就只剩下一副骨架。原来,先前的那只秃鹫是去给同伴们报信——它发现了食物,请大家赶快一同前去分享。在团队中,秃鹫是无私的集体主义者,只要有一只秃鹫发现了食物,其他同伴就不会挨饿,哪怕它自己饥肠辘辘,也要喊来同伴一起分享美食。

在职场上,学会与人分享合作是人生的必修课。在一个团队中,如果每个人的成绩、成功都能被全体成员共享,每个人都乐于和他人合作,这个团队必然会强大,这个团队中的每个成员必然能快速进步、成长。

2

在加拿大的山谷地带,生活着大量猎豹。科学家们在观察它们的生活习性时,发现了一个奇怪的现象:聪明的跳羚每当遭受猎豹的追杀后,就撒开四腿向最险峻、嶙峋、崎岖的悬崖峭壁奔跑、躲避,但一贯擅长集体围捕、喜欢抢食的猎豹,竟然没有一只半途跳出、拦路打劫,而是安静地坐山观虎斗,或者纷纷为正在追捕猎物的同伴让出追击之路。

这是为什么呢?对此匪夷所思的科学家经过多次观察、研究,终于找到了令人惊叹的答案:情况越危急,跳羚选择逃生的路径越是高耸险峻,就像万丈深渊上的独木桥。如果狭路上突然跳出"第三者",正在疾跑如飞的追捕者会因本能躲闪而无法控制自己,极有可能因此摔下悬崖而粉身碎骨。

在职场上,我们也要学学山谷地带的猎豹,适时给同事们"让路"。其实,你今天给同事们让路,就是给明天的自己留路。

3

大草原上,两只非洲狮为争夺一只羚羊疯狂地厮打起来,顿时吼声震天、尘土飞扬。其中那头年老的雄狮逐渐体力不支,面对年轻对手的凌厉攻势,最后败下阵来。它仰面躺下,向对方亮出极易遭受攻击的柔软腹部,胜利者见状,也就不再与它计较,舔舔失败者的鼻尖表示愿意和解。

提起兽类,人们很自然地把它们和"凶残"一词联系起来。其实,在和同伴的争斗中,它们共同信守一个"君子协定":弱者只要跑开或者趴在地上求饶,强者就会饶它一命,从来不利用自己的有利形势置对方于死地。

在职场上,和同事们竞争是难免的,但要适可而止,千万不要置对方于死地而后快。你们是竞争对手,更是合作伙伴,你以后的发展离不开同伴们的合作与帮助。

不怕野狗的兔子

◇［美］彼得·休斯

我到地里去遛狗，它发现很多野兔就去追赶，野兔则无动于衷地坐在那儿吃草，直到狗跑到一定距离才跃起跑开。

兔子即时反应，瞬间从吃食到飞跑，而一旦跑到它认为安全的地方后，便又会马上安静下来，不会担心在可怕猎狗的追赶中度日。它不会坐在那儿因恐惧浑身发抖，忧心于这可怕的一幕会再次发生。事情发生了就过去了，兔子生活在此刻，与周围环境包括潜在威胁和睦相处，它们只对此刻，而不是对已经或将要发生的事做出反应。

相反，大多数人则不是把大部分时间用于处理此刻的现实，而是沉溺于过去或将来。

战 马

◇ [英] 迈克尔·莫波格

开始出价了。

显然,我很抢手,因为很快就竞价了。不过随着价位的升高,就只剩下两个买主。一个是大嗓门中士,他用手杖碰碰帽檐儿来出价,几乎像是在敬礼;另一个是精瘦的小个儿男人,一双黄鼠狼般的眼睛,脸上堆满笑容,透着十足的贪婪和邪恶,我看都不愿看他一眼。价格仍在上升。"25英镑。26英镑。27英镑。听好了。27英镑卖了!还有人要出价吗?是和这位中士竞争出的价,27英镑卖了!还有人要加价吗?"

"噢,上帝,不,"我听见艾伯特在我旁边低声道,"亲爱的上帝,不能是他。乔伊,他和那些人是一伙的。整个上午他都在买马。大嗓门中士说他是康布雷镇的屠夫。上帝,求您了,不能这样。"

"好,要是没人再出价的话,我就27英镑卖给这位康布雷镇的希拉克先生了。还有吗？那就27英镑卖了。一次，两次……"

"28英镑。"从人群中传来一个声音。这时，我看见一位白发苍苍的老人，他重重地拄着拐杖，步履蹒跚地慢慢穿过人群向前走来。"我出28英镑买这匹马，"老人一字一顿地用英语说道，"先生，我要提醒您，不管拍卖多长时间，卖价多高，我都会一直竞拍下去。"他转身对康布雷镇的屠夫说，"我建议您别想着把我逐出拍卖。必要的话，我宁愿付100英镑。除了我，谁也不会得到这匹马。这是我的埃米莉的马，本来就属于她。"他说出埃米莉的名字前，我还不敢肯定我是不是看错或听错了，因为自从我最后一次见到他以来，这位老人老了很多。不过，现在我敢肯定了，站在我眼前的就是埃米莉的爷爷，他的神态显得很坚毅。拍卖师也被这场景惊呆了，他迟疑了一会儿，然后才用锤子敲了桌子。

拍卖结束后，大嗓门中士和马丁少校一起与埃米莉的爷爷谈话，大嗓门中士显得既无奈又沮丧。院子里现在没有其他马了，买主们正驾车准备离开。艾伯特和他的朋友们围着我，所有人都试图安慰艾伯特。"艾伯特，别担心了。"至少我们知道，乔伊跟着那个老农夫挺安全。他还对大嗓门中士说，只要他活着，他就不会让乔伊干农活儿。他还一直提到一个叫埃米莉的女孩。"

"不知道他是怎么回事，"艾伯特说道，"他说话的那个样子，好像疯了一样。'本来就是埃米莉的马。'——不管她是谁——那老人就是这样说的，对吧？见鬼，要是乔伊本来就属于什么人的话，那它应该属于部队，要是不属于部队，它就属于我。"

"艾伯特，你最好亲自问问他。"另一个人说，"机会来了，他过来了，和少校还有大嗓门中士正朝这儿走呢。"

艾伯特站在那里，一只胳膊放在我下巴底下，抬起手给我挠耳朵后面，他知道我最喜欢让他挠这个地方。不过，当少校走得更近一些时，他马上把手拿开，很规矩地立正行军礼。"长官，对不起，打扰了。"他说，"长官，我想感谢您做的一切（指少校拿出所有的工资和其他士兵一起凑钱想要买回乔伊这件事——编者注），我感激不尽。"

"长官，再打搅您一下，"艾伯特继续说，他见少校和中士一副轻松愉快的样子，感到很困惑，"长官，我想和那个法国人谈一下，因为他买走了我的乔伊。我想问问他刚才说的那些话，他说的那个埃米莉是谁，这些到底是怎么回事？"

"说来话长了。"马丁少校说，他转身面对那位老人，"先生，也许您可以亲自讲给他听。这个年轻人就是我们刚才提到的，他和这匹马一起长大，他为了找到这匹马不远万里来到法国。"

埃米莉的爷爷站在那里，浓密的白眉毛下的双眼严厉地盯着艾伯特。接着，他一下子笑开了，伸出手，艾伯特也伸出手握住了埃米莉爷爷的手。"年轻人，你看，你我之间有很多相同点。我们都喜欢这匹马，是不是？这儿的军官告诉我，你在英国老家是个农夫，和我一样。"老人继续说道，"孩子，你做得很好，很好。你还没问我，我就知道你要问什么了。这样吧，我就告诉你。那个时候，战争刚刚开始。它被德国兵抓住了，他们让它拉救护马车，从医院拉到前线，再拉回医院。和它在一起的还有另外一匹马。它们就住在我们的农庄里，农庄在德国战地医院附近。我的小孙女埃米莉照顾它们，慢慢地就把它们当作家人去爱了。而我是她唯一的亲人——战争夺去了其他人的生命。这两匹马和我们大概生活了一年，不到一年，或者一年多——这倒无所谓。德国兵走的时候把马留给了我们，于是这匹马就成了我们的了，埃米莉的马，也是我的马。后来有一天，德国人回来了。他们需要马运输枪支弹药，于是他们走的时候就带走了我们的马。我实在没有办法。打那以后，我的埃米莉就没有活下去的劲头了。这孩子本来就生着病，况且她的家人都死了，新的家庭成员又被带走了，她再也没有了活下去的动力，去年死了，只有15岁。不过，她临死前让我向她保证一件事：无论如何都要找到这两匹马，并照顾它们。我去过很多个卖马的地方，可就是没找到另一匹马。现在我找到了其中的一匹，我可以带它回家，照顾它，就像我向埃米莉保证的那样。"

他双手紧紧扶着拐杖，措辞非常谨慎："你是个农夫，你会明白，不管是英国农夫，还是法国农夫——哪怕是比利时农夫——都不会轻易把东西送人。农夫永远都送不起东西。我们得过日子，对吧？你的少校和中士已经告诉我你有多喜欢这匹马。他们对我说，你们大伙儿想尽一切办法要买下这匹马。我有个提议——你看怎么样，我把我的埃米莉的马卖给你。""卖给我？"艾伯特问道，"可我没那么多钱。您一定知道的。我们总共才凑齐26英镑，您是28英镑买的。我怎么能凑够钱从您手里买走它？"

"我的朋友，你不明白我的意思，"老人忍住笑说，"你根本没明白。我要用1便士卖给你这匹马，而且要得到一个庄严的承诺——那就是，你要永远像埃米莉那样爱这匹马，还要一直照顾它，直到它生命的最后一刻。还有一件事，你明白吗？我的朋友，我想让我的埃米莉活在人们的心中。"

艾伯特感动得无言以对。他伸出手，表示接受这协议。不过，老人没有去握他的手，而是把双手放在艾伯特的肩膀上，亲吻了他的双颊。"谢谢你！"他说。接着，他转身和部队里的每个士兵握手，最后蹒跚地走到我面前。"再会了，我的朋友。"然后他就走开了。不过刚走了没几步,他就停下来,假装用质问的语气说道:"看来我们法国人说得没错,英国人只有一点比法国人强,那就是他们比法国人更吝啬。你还没有付给我英国便士呢,我的朋友。"大嗓门中士从锡质的盒子里拿出1便士,递给艾伯特,艾伯特赶忙向埃米莉的爷爷跑去。

"我会珍藏这枚硬币,"老人说,"我会永远珍藏它的。"

那年圣诞节,我从战场回到故乡。我的艾伯特骑着我进了村子,迎接我们的是来自海瑟雷的银色铜管乐队的乐声和欢快的教堂钟声。我俩被当作凯旋的英雄。不过我俩都知道,真正的英雄还没有回家,他们已长眠在法国的土地上,和尼科尔斯上尉、托普桑(前边提到的黑马——编者注)、弗里德里克、戴维,还有小埃米莉在一起。

布巴的最后一吼

◇ [美] 丽莎·朵菲考比克斯

在担任动物控制员的四年里,我学到一件事:狗总是能抢先得知春天的到来。即使是活动范围不出自家后院的狗,只要闻到春天的气息,都会不由自主地出走,在街上游荡。布巴也不例外。

每年,动物控制中心都会接到几通抱怨布巴的电话,而且都是在春天。布巴是一条老迈、超重的牛头犬,脾气很暴躁。夏天时,它总是在院子里的阴凉处打盹,冬天则是躲在篱笆下。但是只要一到融雪的时候,它就会开始惊动整座城镇。

事实上,布巴已经老得不能惊动任何人,它原本的黄褐色带斑点的毛皮,已经混合许多灰白色的毛,看起来至少有二十岁,而我也注意到它因为髋关节炎而有跛行的情况。它从不追着人跑,而我也觉得就算它想,应该也做不到。吓人的外表、总是充血的鼻头,加上它的坏脾气,使得只要它一接近,人们就会感觉不自在。

布巴的主人提姆,是一个身材细瘦、不多话的男子,外表看不出真实年龄。他经常走进收容所，道歉，缴付罚单，然后带布巴回家。他用细瘦的手臂从肚子把布巴圈抱起来，放进货车后的平台。他从来不抱怨，就只是道歉，然后付罚款。

提姆住在一栋老旧的维多利亚式大房子里，没结过婚，也没听说他有家人。然而，年复一年，提姆多次离开工作岗位，过来把那只愤怒低吼的老狗带回家。

那年春天，布巴似乎决定退休，它只是待在后院对路人狂吠，但到六月时，我接到举报电话说，一只又丑又肥又老、不停喘气的牛头犬在一所中学引起惊慌，我不敢相信这会是老迈的布巴。我拿了一盒狗饼干和捕狗网，并把一条皮带绕在脖子上。事实上没有任何动物控制员可以碰触到布巴，这些器材都用不到，我只能想办法让它"想离开"，我希望狗饼干可以派上用场。走进体育馆前堂，一群学生动也不动地靠墙站着，其中一人对我喊："每次我们走去开置物柜，那只狗就对我们吠，它要吃了我们！"

很显然，布巴挟持了整个体育馆大厅，它的腿往内弯曲，喘得比我以前见过的还严重，只要有人稍有动作，它就狂吠。我在心里想：不妙。惊吓路上行人是一回事，但是在学校里惊吓孩子就严重了，这次的责罚可能会很严重，更糟的还会被列为危险犬只，如果被判有罪还要接受严重的处罚。

我叫："布巴！"它努力扭转肥胖的身躯，回头看是谁在喊它的名字，它看着我，喘几口气，然后开始吠叫。我丢一块狗饼干到它前面的地上，它拖着沉重的身躯缓缓靠近，嗅了几秒，打个喷嚏，然后坐下来瞪着我。A计划失败。我得使出捕狗网，但不抱希望。

突然，我听到身后有人说："嘿，丑狗狗，试试这个。"一个身材高大的男学生拿着早餐谷片纸盒，丢了一片谷片圈给布巴，布巴看着谷片圈，然后看看男学生，嗅一下，捡起谷片圈，吞下去。我转身向男学生说："这可以给我吗？"

他回答："没问题。"于是我又丢了一个谷片圈，布巴摇摇晃晃地走过来叼起谷片圈。我继续丢谷片圈，试图逐步把布巴引到门口。布巴的身体看起来不太行，它的腿内弯，看来很难支撑肥重的身躯，每走一步似乎都导致严重疼痛，而它也喘得越来越严重，当我企图走近并抱起它，它便低吼着后退，于是我只好继续丢谷片圈，一直到我开的巡逻车旁，它喘得更厉害了，我甚至担心它会心脏病发，我决定把它送回家，然后再为报告的事伤脑筋。我想着，布巴快不行了。

我把剩下的谷片圈都倒在车子的后座上，布巴靠过来把前脚搭在车上，吃着谷片圈，我就趁这个时候，推着它的屁股上车，它低吼并吠叫，但还是专心吃着最后一片谷片圈。我不敢相信，我摸到了布巴，而且我没事！

当我把车停在提姆的房子前，看到他的货车已经停在门口。提姆从房子里冲出来，门在他身后"砰"地关上："布巴还好吗？我打电话到学校，可是你们已经离开了。我会付罚金，不管多少，我只要它可以回家，它是怎么离开房子的？我不相信它可以爬上坡路到学校去，它病得很重，还有你如何把它弄上车子的？"短短几分钟内，提姆说了比我过去几年从他口中听到的还要多的话。

在我可以回答前，提姆走去巡逻车打开车门，布巴仰躺着大声打呼，身上沾着谷片圈的碎屑，看起来非常不像布巴。提姆用手圈住布巴，吃力地把它抱出车，他的动作就像是在抱婴儿。布巴完全没醒过来，只是呻吟几声。

"嗯，我用谷片圈把它引到车子上。"我对提姆说。

提姆的眼神从睡着的爱犬上移到我脸上，说："谷片圈？我不知道它喜欢吃这个。"

在炽亮的阳光下，提姆脸上的线条显得更深，他的神情显得疲惫，然而更多的是忧虑。"我不敢相信它会跑出去，我把它锁在房子里，还把冷气打开，"突然他的声音变得低沉，"兽医师说它得了癌症，他们要我去兽医院把它带回来过周末，你知道，跟它道别。"

我对提姆说："我很遗憾，提姆。我们晚点儿再谈。"然后转身去开车。

"等一下，罚单呢？我知道这次会收到好几张，对吧？"

我转过身看着提姆，说："我要先问过警官，提姆，你先好好照顾布巴吧！"

转身离开前，我又想到必须问一个问题，于是我叫住正抱着布巴走进屋子的提姆："提姆，你想它为什么会到中学去？我不记得它有到过那里的记录。"

提姆对我笑了笑——又是我从未见过的举动，他回答："布巴真的很喜欢小孩儿，它还是小狗的时候我常带它去儿童游戏区。也许它是想起了这件事。"

我点头并对他挥手，看着这个身穿法兰绒上衣、细瘦、疲倦的男人，抱着他二十岁的狗走进屋子，也许是最后一次了吧。

隔天布巴便过世了。我甚至没有为它在学校造成恐慌开一张罚单。我猜想布巴只是想重温年轻时的回忆，来一场"布巴式"的告别。

有时候，我们自以为了解某个人，却会发现他们超乎想象的真实面目。布巴的最后一吼,让我看到另一种形式的亲情,不管是何种形式,都是美好温暖的。

两个人和两只狗的爱恨别离

◇柯 逸

我宠爱我的狗，对待它像对待自己的孩子。我给它吃进口的天然狗粮，给它买名牌狗背心、宽大的狗厕所，我让它睡在我枕边，听着它的呼吸声我才能安然入睡。一天两次，清晨和傍晚，我给它套上柔软的真皮颈圈，带着它出去散步。它要定期到医院打疫苗，每个月去两次宠物店做美容——偌大的城市里，它是我最好的朋友。

小区里，像我这样独居并养狗的人不在少数，有年轻人也有退休老人。我们时常因为狗之间的交往而搭讪，如果它们格外友好或者特别相视如仇，两个主人往往就会迅速地熟悉起来，话题从狗而延伸到菜市场哪种水果什么价格或者上了什么最新的电影，要不要一起去看。

年轻人相约看电影，当然不可能带着狗。周末的下午，看完电影再一起吃晚饭，然后一道散步回家，这条路只嫌太短。渐渐地，约会成为定规，大胆的甜蜜的情话和接踵而来的拥抱和亲吻都让人忘了爱情可能带来的种种痛苦，两只狗仍不明白发生了什么，见面依旧从喉咙中爆发低吼。

我们东拼西凑付了房子的首付，认真装修，仔细研究家具的摆放和装饰的配色。我们准备了热闹的婚礼，费用虽然是父母买单但礼金进了我们的账户。我们买了新的狗床和狗厕所，希望它们尽快适应对方的存在和全新的生活。我们开始生活在一起，两只狗也不再向对方低吼而开始小心地挨近，敌意渐渐消失而友谊悄悄生长，一切都在向好的方向发展。我和他吃一锅饭睡一张床看一个电视频道，它和它抢一个玩具用一个厕所，时而挤一张床（就是我们睡的那张），而让两个狗窝全空着。

我们四个有过幸福的时光。爱情是旅途中风景美好的一段，三峡最美也就那几十公里，爱情当然不会持续到人生终点。经过深思熟虑和平静的讨论，我们得出了财产分割的最佳方案，房子变卖一人一半，存折取现一人一半，各带走各的狗，以及它们的狗床狗窝狗碗。

我和我的狗仍旧生活一起，我们俩的生活完整无缺，不需要谁来填补什么无聊的空白。我对它的爱丝毫未改，而它看起来也仍然跟过去一样快乐。唯一一次流露出哀伤，是在某个周末的下午，我和它走在惯常的街道上，它忽然狂叫着拉直了绳子，要扑向街对面的另一只狗，狗绳牵在一个女孩手里，而那手正被握在他的手心里。我们互相谁也没有看向谁，只有两只久别重逢的狗在使足了劲想要奔向对方。

"狗道"似"人道"

◇琴 台

家里到底养过多少狗,已经记不起来了。

而现在家里养的这条黄狗,叫"石头",名字很朴实。它原本是条流浪狗,当初到家里来的时候,又懒又丑的样子。不过经过一年多的调教,如今也变得毛色光亮、英姿飒爽起来。

石头是条厚道狗,家里养了小狗时,把肉放到盘子里,它总是先躲到一边,等小狗肚子圆了,再过来吃。小狗也欺负它,每天睡觉,直接躺在它肚子上,当成免费沙发,而石头倒有点儿乐在其中的样子。后来小狗死掉了,它伤心难过了一星期,转而和前院的邻家狗,好成了一家人的样子。

同那狗在一起,它也一副极宠爱人家的样子,给它点儿好吃的,它要藏到一边,非到邻家狗上门,才叼出来一起分享。

不过也奇怪,这么老实的狗,在外面却威风凛凛,还是附近几条巷子里,母狗们的梦中情人,别的狗无论高矮胖瘦,一律没有它有魅力。

很多时候,看着它骄傲地被一群狗围着,我会觉得石头有点儿花心大少的风范,虽然很低调,可是,骨子里有着大侠的血气。在这一点上,狗眼可比人眼锐利多了,毕竟,它们是同类。石头这一类型的狗低调处世,牛气做事,一张温厚的脸,满腹柔情,骨子里却又锋利如刀。

这是狗的大境界,也是人的大境界。

愿 望

◇周玉洁

父亲是在他头上有了白发的时候才开始养宠物的。

父亲的宠物有两只。一只猫，没有名字，黑白相间的皮毛，胖乎乎的；一条卷毛狗，白色的毛，长着一双总显出可怜巴巴样子的眼睛。

狗是父亲放在自行车的筐子里带回来的。狗有名字，父亲叫它小花。

小花貌不出众，和父亲的交情似乎一般，它吃饱了就出去玩，玩累了又回来吃。

而那只无名的猫却成了父亲最忠实的伙伴。它懒洋洋地捉老鼠，懒洋洋地睡觉。

阳光很暖和的下午，我在树下看书，抬起头，我看见了父亲和他的猫。

父亲坐在木椅上，他闭着眼睛，靠着椅背，双腿并拢，膝上趴着他的猫，猫也闭着眼睛，父亲的一双手轻轻地、柔和地搭在猫背上。

父亲以那样拘谨的姿势睡着了。他的腿和手分明在把握着一个尺度，他刻意地收敛着搭在猫背上的手的重量，他在睡着的同时在意着猫的睡眠，他的双膝并得很紧，靠后的脊背和双膝形成一个显然是不舒适的角度，可是他好久都一动不动。

猫忽然小心翼翼地睁开了眼睛，它偷偷看了父亲一眼，父亲在酣睡。猫又闭上了眼睛。这时父亲动了动，说："要拉屎？去吧。"

猫得了应允，"嗖"一下从父亲膝盖上跳下来，飞快地跑到树下，开始手脚不停地刨沙。而后，真的拉屎了，并继续刨沙盖住了自己的粪便。

猫重新回到父亲的膝上，不断地舔着爪子，一会儿抹脸，一会儿抹眼睛。

他慈爱地看猫的眼神，让我疑惑。

父亲曾经不记得我小时候的很多事情，比如我多大了，哪天生日，比如我上几年级了等。可是父亲能讲出小花和猫的很多趣事。

小花病了，父亲抱着它无数次去打针、买药。可是在我的印象中，父亲从未带我去过医院。

猫病了，父亲很精心地为它熬绿豆汤，切细细的肉丝。可是在我的记忆里，父亲从未给我熬过汤。

搬家的前夕，我整天唠叨，猫怎么办啊？狗怎么办啊？那里的一切条件都是不适宜养猫狗的。

搬家的前一天，小花失踪了，再也没有回来。而猫也变野了，经常一连几天都在外流浪。

当我又一次看见父亲坐在木椅上晒太阳的时候,他的膝上已经没有了那只猫,可是他仍旧保持着一贯的姿势:双膝并拢,一双手若即若离地抚在膝上,似乎那只猫还在。

我想起固执而倔强的父亲。每当我希望靠近他,想与他有更深一层的交流,他总是下意识地躲闪。我永远不知道在父亲的心底,那更深一层的地方埋藏着什么。

父亲有着远大的理想和目标,他在为之奋斗的时候,也为之与周围的阻力和打击做斗争。他斗争得厌倦了,疲惫了,索性放弃了与周遭的人言语的交锋,他对试图了解他的人产生一种叛逆和下意识的回避。

这习惯使他陷入了孤独。直到他的鬓边有了白发,直到他有了他的狗和猫。他的爱心被点燃,他呵护它们胜过他曾经呵护我。

而我,对于父亲,所做到的并不比猫做得好。

是父亲给了我为理想奋斗的信心和勇气,他教会我坚韧不拔,教会我怎样一条路走到底。而我从未趴在他的膝头和他有着那样和谐又密切的呼吸,一次,也不曾有过。

假如万能的上帝怜悯我,我愿意在灵魂深处有一次那样的机会:趴在父亲的膝头,像只猫那样,和他一起和谐地呼吸,甜美地依偎,用灵魂和精神交流,在温暖的春光里安静而幸福地晒晒太阳。

老小姐阿花

◇［英］吉米·哈利

"看来老阿花是完了。"戴金老先生的手轻抚着老牛的背。

"当然这得由你决定，戴先生，不过这可是我第三次为它缝乳头了。这种事恐怕以后还是会发生的。"我说。

"唉！它就是这个样子了。"农夫一面说一面弯下身子，查看着那道四寸长伤疤上的一排乳头，"真是的，你简直想不到会是这么一团糟。只是另外有头牛站在上面而已。"

戴金先生的小牛栏里只有六头牛，每头牛都有自己的名字，什么"阿花"啦、"梅梅"啦、"金凤"啦。

在这个年头，你已经见不着有名有姓的牛了，也看不到像戴金先生这样的农夫了，他只靠着六头乳牛、几头小牛、几头猪和几只母鸡勉强维持着穷困的生活。

"唉，算了吧！"他叹了口气，"就算这个老小姐不欠我什么了。我还记得12年前它出生的那个晚上。它是老雏菊生的，地方就在这个牛栏里。我用麻袋把它给背了出去,而那时还下着大雪呢!从那天起,我也记不清楚它到底挤出了几万加仑的奶来。现在,它可以说不欠我什么了。"

就好像知道自己是我们的话题似的,阿花转过头来,痴痴地望着它的主人,俨然一幅古代经典的牛画像。

它和主人一样瘦骨嶙峋,全身骨头紧紧巴着满是皱纹的皮,再加上四只瘦长、外八字的脚。还有,它那曾经饱满、结实的乳房,也都无精打采地快垂到了地上。

戴金先生吁了一口气:"好吧,它的一生就算到此为止了吧。我会叫德生在礼拜四把它牵到拍卖场上去。它的肉吃起来可能会有点儿老,不过,我想它还是能做几块肉饼的。"

他努力想讲个笑话,可是他看了看那头老牛,却又一点儿也笑不出来。

我在下个星期四再来这农场"清洗"一头牛的时候,牲畜贩子德生正好也来牵阿花。

他已经从别的农场收购了一群老弱的阉牛和乳牛,而它们这时就站在上面的山坡上,由德生的伙计照料着。

"您好,戴金先生,"他急忙嚷嚷着,"我一眼就看出来你要我牵的是哪一头。就是边上那个老家伙,是不是?"他指着阿花说。

老农夫有好一阵子没回答,只是走到阿花面前,轻轻摸着它的前额。

"唉,就是它,杰克。"他踌躇了半天才解开它脖子上的铁链,"去吧,老小姐。"他喃喃地说。而那老牛转过身子,依依不舍地走出牛栏。

"你快点儿来吧!"德生大声呵斥着,又用一根棍子顶着它的屁股走。

"不许打它!"戴金先生吼了出来。

德生吃惊地看着他:"我不会打它的,只是想赶它走快点儿。"

"我知道,我知道,但你也犯不着动棍子。不论你到哪儿,它都会跟去的。它一向都是这么听话。"

阿花就好像想证明它主人没撒谎似的,慢吞吞地走出大门,然后再按着他的一个手势,才转身走到了路上。

戴金先生两眼巴巴地凝望着它们,听牛蹄子在硬石地上踩出的踢踏声。等到声音完全消失后,他才急忙转过身来:"好吧,哈利先生,我们开始我们自己的工作吧。我去为你端盆热水来。"

我用肥皂洗完手,再把手插进牛肚子时,那农夫一直默不作声。如果还有什么比取出牛胎盘更不愉快的事,那就是看别人做这种工作了。

所以,我每次伸手在牛肚子里摸索的时候,总是要和人聊天。不过这一次却让我费尽了心机。戴金先生对于我的各种话题,诸如天气、板球和牛奶价格等,只是报以几声咕哝作为回答。

帮我抓着牛尾巴时,他把身子靠到了牛背上,两眼无神地呆望着远方,同时还使劲地抽着烟斗。

最后,工作总算吃力地完成了。我松了松腰带,又脱下了衬衫。谈话在老早之前就已经结束了,而当我们打开栏门时,沉默的气氛更是压得人喘不过气来。

忽然,戴金先生停了下来,一只手还抓着门闩。"那是什么?"他低声说。

山坡的某个地方传来一阵牛蹄的踢踏声，而当我们凝神听时，一头牛绕过小路上的一块大石头，直直朝我们走了过来。仔细一看，大家都吓了一跳。那是阿花，踏着轻快的步伐，几只松垮的奶子还一摆一摆的，两眼紧紧盯着我们后面的栏门走了过来。

"这是怎么回事？"戴金先生大叫一声，可是那老牛却毫无反应地从我们旁边擦身过去，一点儿也不迟疑地踏进了它居住多年的牛栏内。它不解地闻了闻干草架，然后回头望着它的主人。

戴金先生同样回望着它，饱经风霜的脸上没有丝毫表情，不过烟斗上的烟圈却喷得更快了。

外面忽然又发出一阵"啪嗒啪嗒"的皮靴声，紧跟着德生气喘吁吁地冲进了栏门。

"噢，原来你在这儿，你这个老家伙！"他上气不接下气地喘着说，"我还以为我丢掉你了！"

说完，他又转向农夫："对不起，戴金先生。它一定是从另一条路转回来的，害得我都没看见它走丢了。"

农夫耸了耸肩："没关系，德生。这不是你的错，我事先应该告诉你的。"

"反正找到就不要紧了，"牲畜贩子咧嘴笑了笑，再转身对着阿花，"走吧，大小姐，再一次上路吧。"

可是戴金先生伸手拦住了他。他仍旧默默不语地走到阿花面前，给它套上了铁链。

然后，他慢吞吞地走到牛栅栏尾端，带了一些干草回来，随手把草扔到了槽架上。

这就是阿花盼望的东西。它探出头去咬了一大口，心满意足地嚼了起来。

"我该怎么办，戴金先生？"牲畜贩子迷惑不解地叫着说，"他们还在市场上等我呀！"

农夫在门上敲了敲烟斗，再从破烂不堪的罐子里抓出一把黑烟草填了进去。

"对不起，浪费了你的时间，德生。但是你得空着手走了。""空手走？可是……"

"唉，你一定会以为我发神经了，但就是这么回事。老小姐既然回家了，它就要待在家里了。"他意志坚决地瞥了牲畜贩子一眼。

德生想了半天，点了几下头，才拖着脚走了。

戴金先生追在他后面，大声叫着："我会赔偿你的时间的，德生，把费用记在我的账上！"

说完，他转过身子，点燃烟斗，深深地抽了起来。"哈利先生，"烟雾飘到了他耳后，他思索着说，"你有没有觉得，有些注定要发生的事才是最好的？"

"有的，戴金先生，我常常这样觉得。"

"看见阿花从山坡上走下来的时候，我就这样觉得。"他伸出手去捋着牛尾巴，"打从它小时候起，我就最疼爱它。现在，谢谢老天，我真高兴它又回来了。"

"但是那些乳头怎么办？我很愿意把它们缝上，可是……"

"不，哈利先生，我有个好主意，是刚才你在做清洗工作的时候想到的。"

"好主意？"

"是的。"老人点了点头，又用拇指把烟草压紧了些，"我可以不要挤它的奶，而要它喂两三头小牛。那边的老牛栏是空着的，它住在那里，以后就再也不会有牛踩它的老乳头了。"

我大声笑了出来："你说得不错，戴金先生，它住在那里面不但安全，也能轻轻松松喂三头小牛的。"

"不管怎么说，这些都不重要啦。"他那布满皱纹的脸上露出一抹微笑，"重要的是，它又回家了。"

第五章

你如此执着,教我泪斑斑

"健忘"的章鱼

◇王 磊

海鳗是章鱼的天敌,这种深海杀手常常出其不意地对章鱼进行攻击,然后以极其凶猛的方式将章鱼活吞进肚。

然而,海鳗对章鱼的捕杀也不是每次都能得手。根据章鱼的生活习性,海鳗常常躲在深海的沙子底下,将自己伪装好,悄悄地等待着睡醒了出来找午餐享受的章鱼。所以,在深海里就常常上演这样有趣的一幕:一只睡足了觉的章鱼美滋滋地晃悠着从洞穴中溜达出来,正闲庭信步四处寻找着可口的食物。突然,一条伪装得非常好的海鳗在章鱼接近之时猛然而起,张开大嘴把章鱼吞了进去。

不过,有些章鱼的体形太大,海鳗把章鱼的头部生吞进嘴里之后,却没法把整个章鱼吃掉,所以只能悻悻地把活吞到嘴里的章鱼再吐出来,气呼呼地扔下猎物,再去寻找小一点儿的章鱼。死里逃生的章鱼一边用触角抚摸着自己的脑袋,一边无精打采地躲回洞里抚慰一下受伤的心灵。

可是，没心没肺的章鱼回到洞里没过多久，又像什么也没发生过一样，乐呵呵地再次出来觅食。不一会儿，抓到美味猎物的章鱼饱餐了一顿之后，乐得屁颠屁颠的，像跳华尔兹一样优雅地转动着身体，做饭后的消化运动。而这只无比快乐的章鱼，在不久之前还因为差点儿丧命而郁闷不已。

科学家们长期跟踪调查发现，章鱼是海洋里名副其实的强者，它们有着极其强大的生命力，这和它们超人的智慧有关。被天敌差点儿活吞了之后，章鱼在非常短的时间里就能迅速调整情绪，一边更加谨慎地观察周围的环境，一边仍旧快乐地继续生活。

天大的事，笑一笑也就过去了。被天敌差点儿活吞了，这种生死大事都能轻松放下，那这世上还有什么是放不下的呢？

山狗"诺言"

◇苏 言

当我为两个孩子——贝蒂和杰米（分别为12岁和9岁）准备早饭时，他们正在外面喂他们的小牛和兔子。突然杰米闯入厨房。"妈妈，"他喊道，"爸爸杀死了一只山狗！就在刚才，在田地里，我看见它被抛向空中！"比尔在割草时，他对挡路的动物总是没有耐心。每次拖拉机经过时就会留下笔直的干草和等距离分布的捆包，但是自从贝蒂和杰米在一个捆包中发现一只死鸭子，孩子们总要警告他："爸爸，注意鹌鹑的窝。"贝蒂说："注意猫和小猫。""还有兔子崽在那儿。"比尔说："我要给我们的牛喂更多更好的饲料，而不是照顾鸟和兔子！"他仍然我行我素地割草。

当比尔进来吃早饭时，他把沾有汗水的帽子挂到架子上，坐到木材炉旁的椅子里。"我想我杀了一只山狗。""它怀有身孕。"我战栗了一下。

冬天来临了。现在饥饿困扰着周围沙漠的野生动物。午夜时分，我听到在鸡栏附近第一声魔鬼般的尖叫。我迅速穿上衣服冲出门，在灯光的光柱中站着一只老山狗，只有三条腿，左后腿在膝盖以下没了。看来是比尔的拖拉机夺去了它的一条腿，我想。它是一只可怜兮兮、瘦骨嶙峋的狗，带着老鼠一样的皮毛，以前毛茸茸的尾巴变得污秽和破碎，它既不害怕也不惊讶，只是带着愁眉苦脸的表情。它一定是那只走进拖拉机行进路线的山狗。它的小崽怎么样了？我首先想到这个问题。我环顾四周，但一只也没看到。

突然间我知道了发生在它身上的悲剧。它是一只食肉动物，它快要饿死了。它的天然食物是鸟、老鼠、兔子和昆虫。但是我也听说山狗喜欢水果。也许它会吃带有苹果片的狗食。我要试一试，所以我准备了第一碗饭，也给我家的小狗杜克。

山狗爬向碗狂吃起来。这只山狗在以后的三个月中出现了几次，并且当它在杜克的碗中吃食的时候，我总是听到悲哀的号叫从荒凉的平原传来。它在杜克的碗中吃食的八周以后，我注意到它的银灰色皮毛变为红褐色和黑色，并且它的身体也胖了一点儿。一天早晨，我告诉孩子们："我们的山狗看起来健康多了，我想它一定会好起来的！""你许诺吗？"贝蒂问。"许诺。"我手指交叉着说。喜欢给农场的每个活的生物起名字的杰米微笑着对我说："那太好了，我们叫它'诺言'好了。"

比尔从报纸的顶部看过来，他眼中喜悦的表情说明他越来越对这个幸存者感兴趣。

在那以后诺言只来了一次，我看到它再次怀孕。现在它的皮毛健康多了，尾巴毛茸茸的。不久我注意到了比尔的变化，那天他保留了一块紫花苜蓿没有割。"另一只笨鸭子把它的巢建在那儿。"他嘟哝道。一周后，一只长腿长耳兔坐在紫花苜蓿中向比尔抗议，于是比尔的直线收割转了一个角度。

最后，在八月的酷热的一天，比尔捆草时有一个惊奇的发现，一只三条腿的山狗出现在田野的边上，还带着一只小崽。诺言一瘸一拐地走向拖拉机，完全不害怕。那天晚上，我听到一声山狗的咆哮，使我想起了诺言的被蓝色白内障遮盖的琥珀色眼睛，一张悲伤的小脸和它的牙齿不断闪现。那时我才意识到我们的瘸山狗是多么坚强。诺言与恶劣的生存环境，人类和自然的威胁对抗，喂养它的崽儿。"我猜你是对的，"比尔微笑着对我说，"它们是幸存者，不是吗？"

阿熊的故事

◇毛丹青

阿熊是一只野猫,名字是我起的,但没有什么深刻的含义。它经常在我家周围溜达,按理说,猫遇到雨天,一般都往屋檐下躲,或者往汽车底盘下钻,可这只猫与众不同。每次下雨的时候,它居然昂首挺胸,两条后腿像一块磐石一样,有时坐在我家的台阶上,有时候像钉子一样半立在汽车的顶篷上,但无论什么时候,猫脸都是向后仰的。如果用人的感觉来体会这一滋味的话,我觉得这无疑是一种悠闲。

现代社会的人或许正缺乏这类悠闲,为了糊口,为了所谓的"中流生活",他们挤电车,周末哪怕开的是私人汽车,也会因为交通堵塞而生闷气。尤其是到了每年各大公司招人的时候,那些身穿黑色西服的日本年轻人列队成行,手拿履历书,满头大汗,每一张脸都绷得紧紧的。

这时,我会想起野猫阿熊,想起它悠然自得的表情。

认识它完全出于偶然。那是一个雨天，我看见它又蹿上了我的车，而且雨越下越大，于是，我逗它，想把它引下来，哪怕躲到车底也好，可它不理睬我。无奈，我把家里剩下的鱼肉放在一个碟子里，然后用纸箱子罩上，摆在一个显眼的地方。当着我的面，阿熊不吃，连看都不看，那样子就像一位高贵的公主。

后来，同样的情景连续出现了好几次。可每次，雨过天晴，我再去看它的猫食，一定都被吃得干干净净。看来，猫毕竟是猫，该吃的时候是不会客气的。久而久之，阿熊居然养成了习惯，它好像已经察觉到只要一爬上这家的汽车，猫食就会自然送到，这好像也不需要任何礼节。

事情发展到这一步并不令我吃惊，而且我曾经养过猫，从性格上也能掌握它们的秉性。可没过多长时间，事情有了新的进展。

阿熊记住了报恩，它时常会抓一些小虫子送到我家门口，除了虫子以外，有时还用嘴叼回一把一把的绿叶，看到它送来的绿叶，我的心里也是愉快的。

就这样"送礼上门"，有一回阿熊居然叼了一条蛇。它似乎挺得意，一副悠然的样子，从不在乎我事后的打扫将会多么麻烦。到目前为止，在这只野猫的眼前出现过赶电车上班的职员，也出现过打扮妖艳的主妇们，还有邮递员，NHK（日本放送协会）收费的跑腿人员，但无论遇见谁，它的存在或许都令人感到温馨。

不过，对我来说，唯有那一次叼蛇事件令我哭笑不得。

因为就在第二天，那条蛇居然在我家的院子里活过来了！

不做萌宠，只愿追随母亲怀抱

◇ ［日］小川未明

小猫虽然不知道他出生前母猫的生活，但是从他记事时起，他们就无家可归，被追赶，一直被人欺负。母猫把小猫生在了一个破旧的库房的角落。母亲一回来晚了，小猫就会从空箱子里面探出头来，朝着明亮的方向不住地哭叫。母猫一听见他的哭叫声，就会匆匆忙忙地跑回来，然后，迅速跳进箱子里，赶紧给孩子喂奶。

但是，这里也不是一个安全的住地。有一天，库房的主人突然发现了他们，大发雷霆："什么时候跑到这里来做窝了？快给我滚出去！"说着，就拿起扫帚，把他们轰了出去，可怜的母猫只好赶紧叼起小猫，逃了出来。

母猫发现了一扇开着窗户、晒着被子的两层楼的人家，就大胆地攀过了围墙。幸好没有人在家，她马上把小猫带到了屋里。她放开身子躺下，给小猫喂奶。如果生活能这样持续下去的话，猫母子俩该有多幸福啊！

然而，就是这种片刻的安宁，也付出了可怕的代价，他们很快就遭到了厄运。女主人顺着梯子爬上来，大吵大闹，跑去拿棍子要打他们。但是，等她回来的时候，两只猫已经不见了。

每家每户的屋顶都紧紧地挨着，好像滚滚的波涛。对于不能住在地面上的猫母子来说，这里恐怕是唯一的安身之地了。要是不刮让人瑟瑟发抖的寒风，那就更好了。

母猫一边惦记着留在屋顶的小猫，一边到各处的垃圾箱和人家的后门去寻找食物，那可不是一般的辛苦。不管多么着急，都要找到吃的，不能空手回去。

看到孩子平安无事，母猫便高兴地把带回来的食物给他吃。而自己却好像忘记了饥饿，眯缝着眼睛，心满意足地看着孩子吃东西。

冬天的夜晚，北风寒冷刺骨，毫不留情地在屋顶上吹过。母猫把孩子推到墙角，用自己的身体挡住风，用自己的体温给他取暖。因为这样，小猫才得以安稳地入睡。这一幕，在小猫的一生中，不知留下了多么深刻的烙印！

一天，在阳光照耀的屋檐上，母猫和小猫正在愉快地戏耍着。两位少女从对面一扇高高的窗户里，扔过来一块香喷喷的、涂着奶油的面包。

母猫知道她们没有恶意，不过还是不敢大意，没有去接近食物。"是给你们的，吃吧！"为了让母猫放心，少女这样说道。小猫终于忍不住了，靠近了面包。母猫好像允许了似的，在一边看着。不知是不是为了让给孩子，自己才没有去吃。少女又掰了一块面包扔了过去。

"这回是给你的。"

母猫这才把掉在面前的面包慢慢地放进了嘴里。

当春天到来的时候,小猫已经长得很大了。

对别人还是很有戒备的小猫,开始和喜欢自己的少女亲近起来。

这时候,在飘着白云的天空下,小猫躲在叶子后面,正要去捉一只要落到油菜花上的白蝴蝶。

在一旁观看的少女,觉得小猫的样子实在是可爱,就不声不响地绕到后面,出其不意地抱住了他,贴到了脸上。母猫目睹了这一切。这时,她好像已经看穿了小猫今后的命运似的,"喵",悲伤地尖叫了一声。然后她就不知跑到哪里去了。从此,母猫的身影再也没有在这一带出现过。

"妈妈,收养这只小猫吧。"在姐妹俩的再三恳求下,这一愿望终于实现了。

从今往后,小猫再也不会挨雨淋,再也不会因为挨饿睡不着觉了。

一个狂风暴雨的夜晚,风吹着屋顶,敲打着窗户。一直在一动不动静听风声的小猫,突然变得焦躁不安起来,在屋子里闹个不停,要到外面去。

姐姐把木窗打开了一条缝,狂风立刻吹了进来。

"这么大的风,你要到哪儿去呀?"少女说。小猫冲到黑暗中,彷徨着如同在追随一个看不见的影子,不断悲切地叫着。

"啊!一定是想起母猫了。"姐妹俩互相望了望。

在那个屋顶上,母猫那领着小猫走路的消瘦的身影,清晰地浮现在两人的眼前。

小猫好像跑到很远的地方去寻找母亲了。风声中断时,隐约可以听到他的叫声。大概是因为风声，不经意间勾起了他那些难忘的记忆吧！那些在寒冷、狂风大作的夜晚，在静静地下着霜的黎明，被母猫拥抱着安然入睡的记忆。

猫　王

◇申　平

儿时，记得邻居许六指家里养了一只大黑猫。许六指在村里本来是个上不得台面的人物，但自从他家有了这只猫，他的腰杆似乎渐渐挺直起来，说话调门比过去提高了八度。他动不动就抱着他的大黑猫满村乱转，逢人便显摆："看见没有，我的这只猫，它就是猫王啊！"

但是这年，猫王却受到了严酷的挑战。

那时村里还有碾坊，每当夜深人静，这里就成了老鼠的乐园。最可恶的是老鼠往碾盘上拉屎撒尿，搞得里头臭气熏天。

这真是怪了事了邪了门了，人们便不约而同来找许六指，请他的猫王出山。许六指拍着胸脯，威风凛凛抱着他的大黑猫来到了碾坊。天亮以后，许六指看见大黑猫浑身是伤，正蹲在他家灶前发抖。许六指一边给它上药疗伤，一边心疼得掉眼泪，他嘴里不住骂着："这一定是撞见鬼了。"

碾坊里的老鼠从此更猖獗了。

大黑猫养了几天伤，这天白天它竟自己跑到碾坊里来。看见的人把门关上，屏了气息扒在门缝上往里看，但见碾盘下的一个洞里有一只小老鼠溜出来。大黑猫"嗖"地一下扑上来，一口咬住小老鼠。小老鼠"吱吱"一叫，立刻从洞里冲出一只红毛大老鼠来。这红毛老鼠，个头儿比大黑猫也小不了多少。它冲上来，对准大黑猫的尾巴狠狠就是一口。大黑猫一声惨叫，立刻松了口，小老鼠掉在地上。红毛老鼠上前一口叼住小老鼠，一闪身就钻进了洞里。

大黑猫冲着老鼠洞叫了几声，舔了舔受伤的尾巴，居然过来挠门，它撤退了。

几天以后，大黑猫忽然失踪了。

过了二十多天，大黑猫忽然又回来了，它浑身是土，好像走了很远的路。最奇的是它竟带回一只瘦狸猫来。那猫比大黑猫个头儿小了许多，毛也脏兮兮的，唯有一双眼睛虎虎有神。

两只猫趴在炕上眯了一会儿，就相跟着出了门，一直朝碾坊走来。许六指就悄悄跟在后面。正是响午，碾坊里静静的没有人。大黑猫走到老鼠洞前，冲里面"喵喵"叫了几声，那红毛老鼠竟"嗖"地就蹿了出来。大黑猫绕着碾道便跑，红毛老鼠便在后面追。追着追着，突见半空里好像划过一道闪电，藏在一边的瘦狸猫凌空跃起，准确地落下，一口便咬住了红毛老鼠的脖子。

过了一会儿，红毛老鼠终于不动了，瘦狸猫这才松了口。

当下全村都轰动了，人们纷纷跑来看耗子精，又跑到许六指家去看两只猫。但见它们趴在炕上，一直睡了一天一夜。

两只猫终于醒了。

随后，两只猫相对"喵喵"而叫，好像在告别。许六指立即关门关窗,他想把瘦狸猫留下来。

许六指伸手去摸瘦狸猫,却不料那猫"呜"地一个虎威,将许六指吓得一趔趄。然后,那猫一跃而起,一爪将他的脑门抓出一条血印。而且它就以许六指的脑门为跳板,飞身向窗子撞去,"砰"的一声撞出一个窟窿,等许六指出来一看,瘦狸猫早已不知去向。

大黑猫也随后跑了出去,从此再也没有回来。

许六指难过一阵以后又恢复了神气,他动不动就指着脑门上的伤疤说:"看见没有,这是让真正的猫王给抓的。"

狗和猫

◇ [捷克] 卡雷尔·恰佩克

狗独处时绝对不会玩耍。我已经充分注意到这件事情，几乎可以百分之百确信，也能这样断定。狗如果被单独弃置在一旁，就会显出动物式的一本正经来。

要是没有别的事情可以做，就东看看西望望，或是陷入沉思，或是睡觉，或是捉跳蚤，或是咬什么东西——比如刷子或你的鞋子——但是不会玩耍。

只要是独处，狗就不会追自己的尾巴，也不会在草地上兜圈子跑来跑去，不会嘴里衔着小树枝，也不会用鼻头去推小石子。

这些事情，狗全都需要有看着自己演出狂热的玩耍的伙伴、观众和共鸣者。狗的玩耍是充满友情的快乐的爆发。正如狗只有在遇见和自己相近的灵魂——比如人或狗时才会摇尾巴那样，狗也只有在有人跟自己一起玩耍，或者至少有在一旁看着的人时才会玩耍。

也有敏感到你停止观看的那一瞬间就失去玩耍心情的狗，简直就像玩耍的乐趣只在于博得你的赞赏而已。总而言之，狗玩耍必须要有跟能够提高兴致的他人的接触，这也是狗友好本性的特征之一。

至于猫，虽然猫只要受到玩耍的刺激就会玩耍，但是独处时也会玩耍。只是为了自己的、单枪匹马的、仿佛讨厌与人相处似的玩耍。

猫独处时，只要有毛线球或缨穗或松紧带在身边，就能安静地、专心地玩得非常高兴。猫在玩耍时，不会说：人类先生，你能在一旁看着，我真是高兴。

猫在死人的枕头边大概也会玩耍的，或许还会用前脚去摆弄裹尸布的边边。狗的话，也许就不会那样做了。

猫享受独处的快乐，狗则是要别人快乐。猫只对自己感兴趣，狗则希望别人也对自己感兴趣。

狗只有在群体中，才会显得生气蓬勃，精神焕发。即使是狗和一个人，也已经是群体了。狗在追逐自己的尾巴时，总是用眼角窥探人对自己所做的事情有什么看法。猫是不会这样做的。猫只要自己快乐就够了。正因为这样，所以猫绝对不会像狗那样，用没有抑制的热情，忘我地沉醉在自己的玩耍中直到气喘吁吁。

猫总是超越了玩耍，总是有如略带轻蔑却宽大地说，这样的玩耍是会降低格调的。狗用全部的灵魂去玩耍，相对的，猫只在心血来潮时才会玩耍。

关于这件事情，我认为，猫是自得其乐的讽刺家的种族。虽然猫也跟人和东西玩耍，但那是出于在心里略略瞧不起对方的快乐而玩。

狗则是幽默家的种族，就像没有听众就感到无聊，喜说逸闻趣

179

事、俗气的好好先生那样。狗只是单纯地基于友爱，所以主动地要让人快乐。狗跟人一起玩耍时，总是全心全意地投入，直到精力耗尽为止。

在玩耍这件事情上，猫只要自己的体验就够了，狗则是要博得成功。猫是主观主义者，狗由于活在友好的世界中，所以是客观主义者。

猫有如兽一般神秘，狗则像人那样温和单纯。猫有点儿像审美家，狗有如凡人一般，或者有如创造性的人类一般。

狗的精神朝向他人，朝向一切的他人。狗不能独自生活，那就跟演员不能只在镜前表演一样，也跟诗人不能只为了自己写诗一样，也跟画家画画不是为了把画反过来靠在墙上一样。

我们人类在用全身的灵魂去玩耍去表演当中，也有那样的眼神，寻求别人的——人类亲密的大群体的——关心和共鸣的那一直凝视着的眼神……

并且我们也能全心全意地投入，直到精力耗尽为止。

藏小牛的母牛

◇［美］吉姆·哈利

我把手继续往里伸，心里在想这头牛会是哪一种类型的难产。屁股向外？头卡住了，四肢绞在一起？

我在子宫里摸了一圈，心里暗自吃了一惊，里面什么也没有。

我抽回手臂，靠在牛屁股上休息了一下。这一天的事情就像梦一样。我抬头看看农夫。

"罗吉先生，它肚里什么也没有。""什么？""里面是空的，它已经生过了。"

农夫上下打量我一阵，又在草原上张望了一下："那小牛呢？这头母牛昨晚出走。今早我在这棵树下发现了它。"

他的注意力突然转向草原上遥远的喊叫声。

"嘿，威力，等等，威力！"那是隔壁的沙拉先生，他正靠在二十米外的石墙上。

"什么事，鲍比？""我想我最好还是告诉你，今早我看到你的母牛把小牛藏起来了。"

"藏起来？你在胡说些什么？""我没骗你，威力，它把小牛藏在水沟里，每次小牛想爬出来它就把它顶回去。"

"可是……不，不，我不相信。你听过这种事吗，哈利先生？"

我摇摇头。可是，今天所有的事不都是这么不按常理出牌吗？

沙拉先生走过来："好吧，既然你不相信，我就带你去看。"他领着我们走到田野的尽头，那儿有条划分界限的干沟。"就在这儿！"他得意地说。

他确实没骗人。干沟的草堆里趴着一头粉红色的小牛，它正怡然自得地在那儿休息。

小牛看到母牛来了，赶紧将前肢搭在沟边上，它想要爬上来，却被母牛用它强有力的下巴顶了回去。

沙拉先生挥挥手："怎么样？是不是母牛把它藏起来了？"

罗吉先生什么也没说，我也只好耸耸肩。

"这真是难以置信的事。"农夫喃喃地说，"它生过五头小牛，每回都是一生下来就被我们抱走。会不会这回它想留住这一头？我也不知道……我也不知道……"他的声音越来越小。

导盲犬的眼睛

◇毛丹青

去东京的那天早上气温很低,穿大衣还觉得冷,可能因为海风太大,我的脸上有点儿像被细沙撒了一把一样,十分痒。

去车站的途中看见几个遛狗的人,有男的也有女的,大家都穿得很厚,棉帽子也戴得很严实,唯独那活蹦乱跳的狗狗显得非常洒脱,它们不顾主人睡眼惺忪的样子,一个劲儿往前拖,狗狗是主人,而人是奴仆!而且,有位女人的嘴里一直唠叨,大致意思是说:"狗狗别着急哦,一大早都是你的呀!"这是挺动漫的一个情景。

从神户到大阪坐车的时间不过30分钟,到了新大阪车站以后再换乘新干线前往东京。距离上很远,但交通方便,我要办个什么急事,从家里到东京当天去当天回也是来得及的。只不过坐在新干线上的时间很长,往返路程加到一起需要5个多小时。

坐列车坐的时间一长,遇见的事情就多。除了看各式各样的人,有时也会遇到令人难忘的情景。这回我遇上的是一个男人和他的导盲犬。

当时他坐在我的边上,一直到他牵着的狗趴在他脚下的时候,我都没注意到他是盲人。看上去,他是一位长者,衣冠楚楚,很有绅士风度。他戴了一副眼镜,黑边儿的,但不是墨镜。一双眼睛也不是闭上的,而是睁开的。每次他挪动身子的时候,总会向我示意一下,轻轻地点点头,有点儿像鞠躬的样子。不经意间,我发现他的眼珠是配上去的,人工制作的,挺大的,但视线是笔直的。

显然,他的狗是导盲专用犬,对主人的体贴无微不至。比如,主人脱大衣的时候,随手把票往前一放,导盲犬就领会了他的意思,一口把车票咬在嘴里,等主人把大衣放到衣架上以后再把嘴放到主人的手上。它把票还给他,舌头伸了出来,眼神十分温柔,尽管他看不见它,但他抚摸它的头,它的尾巴则高兴地摇摆起来。

在整个旅途中,导盲犬一直趴在主人的脚边,而且眼睛始终跟主人保持着一致。长者坐在座位上一点儿也不显得疲劳,让我好奇的是他的"目光"似乎老是望着前方,也许因为车厢的前方有一块电子新闻显示屏,长者就像看到了每一条滚动新闻,尽管他没有表情,但总是一副领悟到了什么的样子。导盲犬跟主人完全一样,目光盯着显示屏不放。

车到了东京站,导盲犬从地上站起来,与其说它是站起来的,不如说它是缓缓地从地上升起来的。因为这时我才看清楚,它是一条很大的狗,金黄色的毛儿,油光油光的,非常威风,也许它往上看的时间太长了,眼眶里已经含了泪水。

导盲犬的动作是敏捷的,它抬起前爪,为主人开道,一边慢慢地往前走,一边把尾巴摇到主人的大衣上,几乎要把主人跟它的行走衔接成一体。车厢门打开了,当长者走到跟前儿的时候,导盲犬忽然横着趴到了地上,一动也不动。仔细看去,原来车厢与站台之间有一块挺大的空隙,如果不小心的话,就连视力很好的人都会摔倒。

　　导盲犬用它的身体为主人垫平了这条通道!它在他的面前就像一条厚厚的金毯一样,光彩夺目……

　　东京是繁忙的,车站上似乎没有其他人留意到这一瞬间,但我心里明白,他和它是一体的,是很难分开的。于是,我想,如果下次再来东京,从一出家门开始,只要遇上狗狗,我都要多看它们几眼。

有性格的猫狗

◇李碧华

节日期间，有些主人爱把宠物打扮应节：圣诞帽、红袍、白胡子、头饰……甚至穿金戴银。

虽无聊，但有趣。

主人还训练小狗表演："后足站立""坐下""躺卧""停住不动""趴""伸舌头""作揖""去""回来"……一听令做对了，在宾客面前赢足面子。

某人爱宠物，他养的狗不算"小"，是只四肢修长身手敏捷的中型犬只（我对狗没认识，不知品种），加上眼神灵活，一望而知是动作片巨星了，所以唤"小龙"。

但它非常"寸"——带到野外，兴之所至不免千姿百态十项全能，自得其乐。当众"表演"，又站又卧伏地挺身翻筋斗，谁理你？

主人道："之所以难训练，因它有'三不'。"

（一）不贪。正餐之外，其余即兴小吃，它根本不为食，不放在眼内。

（二）不媚。若非高兴、自愿，无法要求它委曲求全顺从上意，做出主人希望的指定动作。其他同类表演时，还流露不屑神色。大声喝令作势欲打亦不妥协，眯眼都傻。

（三）不在乎。这个最恶，因为它没有风头欲，不比其他犬只，大伙一起哄赞美鼓掌，骨头也酥了，更落力娱宾。

做狗做到这样，堪称"有性格"。

同人一样，不贪不媚不在乎，从何入手？很难搞吧，实在是主人的无奈。身为养之育之的监护者，得不到恭维与回报，不知会否持续欣赏？人的耐性有限，色衰爱弛或变心异向，它的下场悲惨吗？

除了狗有性格外，中国鞍山市立山区某市场粮油店，亦养一只有性格的猫——"花花"。

这猫完全不依常规，就爱突破传统。青春之年已喜欢和狗一起玩，主人家里两只狗同它特亲，不避嫌无芥蒂，有时见狗出去打架，花花为之打气，还冲上去帮咬。"一直把人家的狗咬得落荒而逃才罢休。"主人说。

这还不止，花花日渐成长，自己生了一窝小猫，在哺育中。不知何时，它发现了一只"孤鼠"，失去照顾，一时母性大发，忘记了前仇夙恨，叼到窝里给舔毛喂奶，对小鼠崽儿尽显母爱，亦具江湖道义。连鞍山市动物园的专家，也认为猫鼠同窝的现象"极为罕见"。

猫没秉承天性，对鼠深恶痛绝，或恃势欺凌、玩弄、折腾，最后吃进肚中，是一种"不跟大队走"的叛逆。爱狗又爱鼠？果然率性妄为——放在人类中,就是崇尚自由一切唯心的烈女大姐大了。

猫狗有性格,对比之下,人类该汗颜。因为有很多人不但不知道自己的位置,更不知道自己要什么不要什么。

"玉兔"之死

◇陈佳冀

先要说清楚,这里讲述的"玉兔"可不是传说中月宫里的玉兔,但它又不同于一般的兔子,只因生存的地域发生了变化,从中国到澳大利亚,它的主人变成了一对善良而淳朴的澳大利亚夫妇,兔子的身价便就此飙升,享受到了非同一般的主人级待遇,故冠名"玉兔"。

这"玉兔"之死的故事可能还要从我搬到堪培拉南部一个相对僻静的小区说起。就是这样一次普通的换房经历,让我见证了"玉兔"之死。

房东夫妇在宠物市场买了一只极其普通的小白兔,价钱不贵,刚刚20澳元而已。可这个小东西一到家,身价立马飞升。如娶到家的新娘一般,这对年轻的澳大利亚夫妇对其宠爱至极,为它搭建温馨的小窝,铺上厚厚的木屑,安上精致的水槽,并给它缝制了漂亮的裙装,还扎上了领结,定期定时地给它擦洗身子,梳理皮毛。

最要紧的是兔子的吃食，那是专业的宠物商店里最高档的进口兔粮，一小袋就45澳元，你可能不可理解吧？

我起初颇不以为然，觉得这夫妇二人只是图个新鲜而已，可时间长了，发觉房东夫妇一如既往待兔如子，生怕这小兔子受到一丝损伤，甚至晚上都搂到被窝里睡，慢慢地被他们的行为感动了。所谓世事难料，"玉兔"之死的悲剧就发生在一个风和日丽的早晨，丈夫照常领着兔子出去晒太阳，而妻子在屋里做饭，丈夫喊天太热回去洗把脸，悲剧就在瞬间发生了，"玉兔"遭到了邻家大花猫的攻击，准确地说，是这样一个庞然大物瞬间出现并呈现出某种攻击之状时，兔子被吓到了，两眼发直，浑身抖动不止，当我们发现它时，它已经濒临死亡了。妻子早已泪流满面，丈夫和我心里也很难受，好在及时回过神来赶紧抱着兔子往兽医站跑，可恰逢周末，附近的兽医站都关门了。唯一的去处就是最北区的全市最大的一家兽医站，不过由南到北距离相当遥远，可没想到，房东夫妇不假思索地抱着小白兔就往城北飞驰而去，我也一同前往。

我敢发誓这是我这辈子坐过的开得最快、最不讲理的汽车，一路上，不知闯过了多少个限速口和红灯，现在回想起来还有些后怕。事后房东和我说起那次疯狂的飙车经历，让他被罚了1000多澳币，他说当时他的脑子完全是空白的，心里唯一的念想就是把兔子尽快送到目的地，挽救它的生命。其实，在车上那只兔子已经几乎把胆囊内脏全都吐出来了，早已奄奄一息，可我们就当什么都没发生，没有一个人愿意承认甚至默认这一死亡的可怕信息，大家依旧怀揣着希望，我们三人以几乎快把自身的命搭上的速度在第一时间赶到那家兽医站。医生看了看那只兔子，紧皱双眉问房东："还要手术急救吗？要500元。"房东丈夫点点头，他其实和我们一样清楚，兔子的魂已经不在了，命自然也就回不来了，可他又不愿放弃最后的尝试，后果可想而知。

  时间定格在那一刻，房东夫妇抱头痛哭的场面至今想来，我都会鼻头一酸，"玉兔"之死背后折射出了中澳两国的某种文化差异，澳大利亚夫妇对待小白兔的那种执着与痴情，更像是一种道德与操守的秉持。而在澳大利亚，近似于澳大利亚夫妇这样的人更是屡见不鲜。在对待动物问题上，也许我们该反思的、该践行的还有很多很多……

安娜是只猫

◇周笑冰

一

安娜是只猫,我们相守了很长时间,却不是你情我愿。

我想抛弃她,但似乎无论将她丢到哪条街上,她都能准确无误地找回家;她想离开我,但并不知道脱离了主人的照顾,自己该如何生存。

于是,我们就这样貌合神离地相濡以沫着。

二

偶尔,我会将失败讲给安娜听。

她静静地看着我,眼神明灭不定。尽管她的脸上写满恭顺温和,但是我知道,每当我转身时,她的脸上就会浮现幸灾乐祸的神情。

她通人性,但还没有学会人类全部的狡猾、残忍、伪装,这是我能容忍她的原因之一。

三

我一个人写着作业,虽然屋门闭着,仍然可以听见断断续续的吵架声。

男人声音高昂而愤怒,女人声音尖厉而不甘,那是我的两个亲人在互相指责,爸爸和妈妈。

安娜在月光下晒着她的肚皮,然后充满疑惑地看向我:"你不去劝架吗?"

"有什么好劝的,"我头也不抬,"根本没有感情了,劝架也没用啊。从小学到高中,我都习惯了。"

似乎是有些好奇我的不以为意,安娜继续问:"那他们为什么不离婚呢?这样,大家都好啊。""哦,"我放下笔,从椅子上滑下,和她一起待在地板上,"人类啊,总是要承受那些不想承受的东西。比如说责任,还有社会的压力啊。再比如,他们的自尊与地位也压制着他们。所以,即使再不喜欢,也不能轻易放手。想来想去,有那么多顾虑,所以就干脆不分开了。所以,人类是很懂得自我牺牲的动物啊。"

"这不是牺牲,是无知吧?"安娜突然冒出来一句,"明明没有爱,还要在外人面前装出恩爱的样子,这是欺骗;既然不能相敬如宾,每天就要吵吵闹闹,这是自作自受;没有爱了,却拿各种理由搪塞自己与他人,这是对自己情感的不尊重;以为保持这种状态就是给老人与孩子的最好交代,却不知道他们的真实感受,这是自以为是。所以,我就是不喜欢你们人类啦。"安娜安逸地翻个身,"自欺欺人。"

四

回家,安娜看到我恹恹的样子有些惊奇:"怎么了?"

我放下书包,看着她虽然狡黠却依旧明亮的眼睛,跟她讲述人类社会的游戏规律。

安娜听完我的叙述,不怎么感兴趣地翻了个身:"这么过分的事情,你不会反抗啊?要是我,就冲下去挠她几把。"

第二天背着沉重的书包回到家里,妈妈的脸色显得有些沉重与不安:"前楼的陈老师被猫挠了,她家满小区找那只猫是谁家的。我寻思是不是你那只猫惹的事。"

回到房间的时候,我看见安娜破例地在墙角缩成一团,有些委屈无奈地低声叫着。

我放下书包,走过去摸摸她的头,"今天的事情是你做的吧?"安娜很轻微地点了下头。我发现她的左腿有些不对劲,蓦然明白她肯定是挠人后受了伤,于是有些愧疚地帮她包扎。

安娜用她那双明亮的小眼睛看我:"其实我最开始没想挠她的,只是想吓唬她玩,可是她看见我凑上去就尖叫,还要拿脚踹我,我一气之下就挠了她。"

"可是我最开始又没有对她做什么,她为什么要先踢我呢?"安娜满脸郁闷。

"因为人类是一种警惕性很高的生物啊,或者说,他们时刻都处在警备的状态中。因为太担心被别人伤害,所以经常抢先伤害别人。"我的声音逐渐低了下来。

不是每个人都可以像猫一样拥有简单的思绪这么奢侈的权利的。

五

那天晚上回家,我给她拌了美味的猫食。

她蹿了出去,眼睛里是真诚的喜悦。无论多么成熟,她依旧是一只小小的猫，很容易满足。

"明天我朋友希希要来，你要注意些，不要让她发现你的奇特之处啊！"我认真地说。她漫不经心地"喵"了一声，以示明白。

第二天早上，朋友来到了我家。

她有不止一点我不喜欢的习性，之所以能忍耐她那么久，还邀请她过来，是妈妈的一再提及。

她来到我家，和爸爸妈妈打了招呼后，就进了我的书房。希希好奇地看我书柜里的摆设。过了一会儿，希希突然冲我说："这个东西我好喜欢啊。"

我抬头看向她手里拿的加菲猫，很不高兴。我走过去接下她手里的东西，放回了原位："这个东西不要乱翻了，我朋友送的。"

"我也是你朋友啊，借我玩几天好不？"希希笑嘻嘻地说。我却觉得有些刺眼。

这时，本来在阳光的抚摸下昏昏欲睡的安娜突然清醒了一般，冲到了柜子前面，吓了希希一跳。

最终，希希也没有拿到那件玩具，临走时嘟着嘴说："你家猫好不懂事啊。"

我附和了几句，心里想，不懂事的是你自己才对吧？

回到卧室的时候，安娜窝在床边："你明明不喜欢她，为什么还要邀请她来呢？明明不想让她动你东西，为什么不干脆大声阻止呢？"

我摸摸它的脑袋，什么都没有说。

安娜，我作为一个人，其实早就失去了大声说出爱恨的权利了啊，虽然书上说只有爱与不爱，没有将就着的爱，但其实我们一直就在将就着爱的边缘，将就着生活。

六

我一直以为我和安娜也许永远都是这样亦敌亦友,或者说离开,也是我们俩谁取胜了,才会发生的事情。

我没有想到经过了那么多次努力,没有分开彼此;但是经过了那么多次合作,我们也没有把彼此的距离拉得更近一点儿。

因为,我的背后还有那些沉重的负担与压力。

老师在班级里说,养那些骄纵的小动物,有可能对一个人的性格产生影响,以后走上社会有这种脾性可讨不了好。

爸爸妈妈难得异口同声地说:"把安娜送走吧,她把咱家都搅乱了。"

朋友说:"你家猫咪好凶啊!下次我都不敢去你家玩了,除非她不在。"

我听见周围熙熙攘攘的声音,都是对安娜的指责,刺痛了空气。

明明不是她的错,为什么要让她来承担?

只是最后,我还是选择了放弃。

安娜是只猫。这是一个有关于猫的隐喻。她是我们心中最原始、最坦率、最野性、最少年意气不顾后果的那部分,像猫一样易变而善感,骄傲而脆弱。

她是明目张胆标注着青春的那部分,但是我们最终还是要抛弃如此珍贵的天性,因为我们是人,我们身体中成熟的理性的那部分提醒我们,必须自保。

所以,我们的圆滑联合外面的人情世故携手剿杀了我们的意气。

我看着安娜远去的身影,感到自己的无助。我保护不了她,并且最终要以离弃作为我们关系的注脚。

　　总有一天，当我变得更为强大的时候，我会接你回来，我对失去了安娜的空洞心房说。我知道，她能听见。

特克斯的眼睛

◇ [美] 尤金·奥尼尔

埃里克·西尔觉得,这只卧在他脚旁瘦骨嶙峋的小狗也许只有五周大。这只杂种母狗半夜被人扔在西尔夫妇家前门口。

"不要说了,"埃里克对妻子杰弗里说,"回答是绝对的'不可能'!我们不打算养它。我们不需要再养只狗。若真要养,就养只纯种的。"

"我们不能就这么把她扔在门外,"杰弗里哀求道,"我把她喂饱,给她洗澡,然后给她找个家。"

小狗站在他俩中间,好像知道他们在决定她的命运,瞅瞅这个,看看那个,试探性地摇了摇尾巴。埃里克注意到,虽然小狗瘦骨伶仃,全身的毛没有光泽,但那双眼睛却明亮而又充满活力。

埃里克最后无可奈何地说道:"好吧,你想照顾她,随你吧!不过你要明白这种海因茨杂种狗,我们不需要。"

杰弗里把小狗抱在怀里,然后和埃里克往房子里走去。"还有,"埃里克接着说,"过几天再让她到特克斯那里。不要再给特克斯添麻烦了,他已经够辛苦了。"

特克斯是只牧羊犬,西尔夫妇把他从小养大,现在已经6岁了。他是由澳大利亚牧场主培育的品种,特别温驯纯良。他的窝里已经有了一只黄猫,但腾出地方给这只被西尔夫妇叫作海因茨的新来的小狗,他还是很高兴的。

海因茨到家没多久,西尔夫妇便发现特克斯的视力越来越差。兽医认为特克斯患了白内障,也许可以通过手术治疗。但是达拉斯眼科专家给特克斯检查后认为,白内障只是导致他视力衰弱的部分原因。专家在当地大学的兽医学实验室为他预约了门诊。实验室的医生们判定特克斯早已失明,并解释道,即便发现得早,药物或手术都不可能阻止或延缓他的视力衰退。

回家途中,西尔夫妇在谈话中想起,其实在几个月前,他们看到过特克斯如何在黑暗中生活,现在他们才终于明白了,为什么特克斯有时会撞到开着的门,或者鼻子会撞到铁丝围栏上;为什么他总是沿着石子道走动:因为如果走错了路,他还可以摸着走,直至再回到石子道上来。

西尔夫妇为特克斯失明的事忙碌着,弹指间,海因茨已长得胖嘟嘟的,活泼好动,那身深棕黑色的毛已变得健康而有光泽。

显然,这只德国杂种小牧羊犬很快就会长成大狗,再和特克斯及黄猫住在一起已经不可能了。于是,一个周末,西尔夫妇又在原有的狗屋旁建了间新的狗屋。

也就在那时,他们才意识到,原来看到海因茨跟特克斯玩耍时又是拉又是拽,以为是小狗爱瞎闹,但后来发现,这其实是有原因的。

每天傍晚，当狗狗准备睡觉时，海因茨就用自己的嘴巴轻轻咬住特克斯的鼻子，然后把他引进狗屋。早上，海因茨叫醒他，再把他带出狗屋。当两只狗靠近门口时，海因茨就用自己的肩膀引着特克斯穿过门口。当他们沿着狗圈围栏奔跑时，海因茨就在特克斯和围栏之间奔跑。未经任何训练或辅导，海因茨便充当起了特克斯的导盲犬。

"天气暖和时，特克斯就把四条腿伸开，睡在柏油车道上，"杰弗里说道，"车快开过来时，海因茨就拱醒他，使他脱离危险。许多次，我们都看见海因茨把特克斯从马路边推开。起初我们不知道他们俩能并排在牧场上奔跑的原因。后来有一天，他们陪着我遛马，我听见海因茨在'说话'，原来她在不断发出轻轻的咕噜声，让特克斯在她旁边跑。"

西尔夫妇很是佩服海因茨。这只年轻的狗未经任何训练，就想方设法帮助、指引和保护她失明的同伴。

显然，特克斯不仅分享了海因茨的眼睛，还有她的心。

第六章
和解吧，给过我笑的你

驯　马

◇刘国星

　　巴图的马屡次在那达慕上摘金夺魁,他自创的驯马经也被牧马人奉为宝典,声名远播于草原内外。

　　茶余饭后,众人面肃神凝,席地团坐,巴图"吸溜"喝一口奶茶,环视张张古铜色脸孔,便摇唇鼓舌,声情并茂大讲驯马经。

　　幼马两岁分群单饲,食槽每月要垫高两拳,这样马才能昂首挺胸,颈长俊美。马圈更有讲究,机关大焉!白天马粪不能扫除,尽管让马在上面站立吃草,这样马蹄才能长得丰满圆润,否则长成片状马蹄,马就不能跳高驰远。夜晚歇息,要把马粪清理干净,这样马的皮毛才能光滑无垢,鲜亮无味。

　　马至三岁,要练走。选平整草场,驯马手掌控缰绳,不快不慢,让马找对步子。时间一久,马就把这种步子固定下来。这样驯出的马,跑动平稳,四只蹄子跑出两条直线,骑手若回视蹄花,千里马的蹄花必是十三朵……

"啧啧，啧啧！"巴图每讲至此就咂咂嘴，想我千里草原，竟没有一匹千里良驹！

众人也齐齐摇头叹息。

巴图驯马几十年，从未见过十三朵蹄花的千里马。至多是九朵！唉——九朵！

谁知，也就在那年三月，巴图真就发现了一匹千里良驹。

巴图和众牧人凌晨赶至牧场驯马，就见马群自地平线涌出，太阳恰挣脱草海羁绊，金色的光芒给群马披上了一层外衣。万马丛中，只见火龙驹通体炭红、长鬃披拂，一马当先，向牧场驰来。

火龙驹显然已过驯化年龄，巴图心跳加速，细细打量火龙驹，大喜过望——火龙驹腰身挺直，蹄大腿细，肌肉柔和健美，神俊异常……火龙驹真是天生的千里马！看来火龙驹的出现，可以弥补多年的憾事了。

驯马先需吊马熟马，先要把马关进两丈高的围栏里，要饿。马饿一天，驯马者一手拿胡萝卜，一手拿笼套，多数马吃萝卜时就被套上笼头，相熟后被牵走了。

巴图凑近火龙驹，火龙驹机警地踏起小碎步，试探着靠近吃萝卜，当见巴图递上马笼头，突然两耳一竖，触电般"咴咴"怪叫，两只前蹄亦直竖起来，骇得巴图远远避开。骑手们动手要抓火龙驹。火龙驹打着响鼻，鬃毛乱拂，旋身凌空弹几个蹶子，场内尘土飞扬，几个骑手也退下来。

众人一时无计，就在栅栏外喝酒摔跤相戏。巴图每摔倒一人，都大声唱挑战歌，跳鹰之舞步……火龙驹竟停住急躁的脚步，打量得胜的巴图，目光渐渐变得柔和起来。

第三日，巴图走近火龙驹，火龙驹吃几口萝卜，竟主动把头伸进笼套里,伸舌头舔巴图手背,还用自己的毛脸蹭蹭巴图的光脸……巴图顺势跃上马背,打一声呼哨,栅栏外几名骑手会意,纵马飞驰。火龙驹亦撒蹄猛追,可刚跑出几里,竟气喘吁吁,眼看就被别的骑手甩在后面。巴图面露喜色,连连挥鞭催马,火龙驹昂首长嘶,长鬃倒竖若旗,仿佛凭空有股力量注入体内,几个飞跃竟冲在马队前面,一溜巨大烟柱被它甩在身后。火龙驹蹄声嘚嘚,极富韵律,若壮士击鼓,又似仕女弹琴。巴图沐浴春风,像扯帆行船,回视蹄花,赫然绽放的竟是一十三朵……

巴图喜不自胜,到达终点,滚鞍下马,颤抖着抚摸火龙驹额头,火龙驹却前蹄一软,跌倒在地。巴图大惊,定睛却见火龙驹嘴角涌血,瞬间洇红草地……眼见就不能活了。

巴图方悟,火龙驹吊饿三天,体力不支,咬破血管才使呼吸畅快,争下第一。

巴图双膝跪地,涕泗横流,火龙驹把巴图当朋友,却焉能料到,这场比赛只是巴图想杀去它的傲气。

巴图葬了火龙驹,再不驯马。倒是他的驯马经至今还在草原流传。

大鱼黄劫

◇刘庆邦

有人看见一条鱼在新河的水边晒鳞，说那条鱼大得很，叼住鸭子的一只脚，生生地把它拽进水里去了。

一开始，我们村的人没把这些传言当回事。后来，传言越来越邪乎，说一天傍晚，一个新媳妇在河边洗被单，那条鱼悄悄潜过去，咬住被单的一头，差点儿把新媳妇扯到河里去。大鱼这么干，就有点儿不像话了。你吃了鸭子还不够，难道要吃人不成？我们村的人坐不住了：把它逮上来！

如果外村人说这种话，大家一定认为是吹牛皮，我们村就不一样，我们有与大鱼匹敌的实力——我们村有一张大网。大网铺开，比一个打麦场还大。整张网是用12股合绳的棉线结成的，网眼很大，通得过人的拳头。这种网是专门跟大鱼过不去的。

暑假的一天午后，我们的捕鱼队伍出发了。这支临时召集起来的捕鱼队，年龄参差不齐，有爷辈的人，有叔辈的人，也有我这么个小字辈儿。我本来不想去,不知道能干什么。母亲说:"人家让你干什么你就干什么,反正每家都得出人,这是规矩。"

来到新河的一个主坝上,堂叔他们把大网展开。在一片对大鱼调侃式的宣战声中,大网下水了。新河是二十世纪五六十年代大搞河网化时开凿的,横贯东西几十里,却没建什么桥,应当建桥的地方,筑起的多是土坝,把新河截成一段一段的。新河的水是死水,大鱼如同被养在水塘里,在没发生洪水之前,不用担心它会长翅膀飞走。

堂叔没让我拉网,让我等着抬鱼。我紧紧跟着前进中的大网,看着大网怀里的水面,盼望大鱼尽快投网。

大网从西到东拉了一遍,连大鱼的影子也没碰见。拉网的人互相看着,觉得奇怪:大鱼到哪里去了呢?堂叔回过头问我:"你说大鱼还在不在河里?当学生的说话准,你要说在,咱就再拉一遍;你要说不在,咱马上卷旗收兵。"堂叔这么一说,别的人也都看着我,好像我真能说准一样。

这样的大事,我哪敢瞎说。我摇了摇头,身上的汗忽地冒了出来。堂叔问:"你摇头是啥意思?难道大鱼不在河里?"我忙说:"不是……"堂叔说:"不是就好。"最后,还是堂叔提议,折回去再拉一遍。堂叔说,当年挖这段河时,他在河底挖过河泥,记得下面有一些壕沟,估计大鱼躲到壕沟里去了,第一遍网拉过,水浑了,大鱼该出来了。

第二遍是自东向西拉。太阳已经偏西,不那么毒了。附近村里的一些人出现在河堤上,居高临下地看着我们拉网捕鱼。他们一再证实,这段河里确实有大鱼存在,一边说还一边张开双臂比画。然而,大网又拉到河的一半,仍没有任何大鱼投网的迹象。

看热闹的人越来越多。有个人忽然指着网前面惊叫道:"乖乖,翻了一个大花——"别人顺着他指的方向看去,他说出的下半句却是:"跟个大铜钱一样!"铜钱能有多大?围观的人都开心地笑了。堂叔他们却一点儿也不恼,跟着笑:"你们都不要走,等我们把大鱼拉上来,每人赏一片鱼鳞!"

堂叔发出起网的口令。拉网的人奋力把大网扯起来。在大网还没完全脱离水面时,大鱼就现了形迹,在网里东一头西一头乱窜。这条鱼的身子真长啊,恐怕比人的身体还长。拉网的人别提有多高兴了,像纤夫一样拼命地把网绳绷在背上,还禁不住扭过头对着大鱼狂呼乱叫。

三爷舀鱼以稳、准、狠著称,他不失时机地把绑在长竹竿上的舀子打出去,直向鱼头兜去。看来还是对大鱼的长度估计不足,舀子显得浅了,只能套住大鱼身体的一半。三爷兜住大鱼的半个身子刚要往回拉,大鱼打了个挺,从舀子里逃脱。这样兜了两次,大鱼逃了两次。大鱼第三次从舀子里挺身而出时,尖嘴插在一个网眼里。它轻轻把嘴一张,网就破了。它穿过破洞,直落到水里去。

该怎样描绘人们沮丧的心情呢?要是能画一幅巨大的油画就好了,可以把每个人的动作和表情都画进去。那是事情的陡变留在人们身体和脸上的痕迹,比如伸长的手臂还没来得及收回,张大的嘴巴还没来得及合拢,满眼的热泪还没来得及流出……一切都变成了瞬间的永恒。油画的名字就叫《网破鱼活》,当是不朽之作。

堂叔看了一眼大鱼落水的地方,笑骂道:"你逃不出老子的手心,看下次怎么收拾你!"在他的指挥下,大家开始收被大鱼撕破的网。大网没有白白被撕破,堂叔他们得出一个教训:夏季,鱼的腰身软,弹性好,劲儿大,不好对付。下次和大鱼交手,一定要等到冬天。到了严冬,大鱼的腰身比较硬,就好对付了。

回村的路上,堂叔他们还在议论大鱼的事。他们认出来了,这条大鱼叫黄劫。我分不清是"皇姐"还是什么,后来查遍词典也找不到这种鱼的名字,就擅自写成"黄劫"。黄劫的特点是身体细长,嘴尖,游速快,攻击力强,以吃其他鱼类为生。它的能力和地位类似海洋中的鲨鱼,是淡水河中的霸王。既然知道了河中的大鱼是不可一世的黄劫,堂叔他们更不会放过它了。

直到我们学校放寒假,堂叔才组织了第二次捕捞行动。那天下着小雪,河坡里一片白。岸边结了一层薄冰。大网下水时,把尚未成形的冰弄碎了,发出阵阵脆响。大网上次被黄劫撕破的洞已经补上,整张大网用新鲜的猪血重新煨过,补过的地方不是很显眼。

跟堂叔估计的一样,到了冬天,黄劫的本领就施展不开了。它被大网拉出水面后,只跳了几下,就望着飘雪的天空,无可奈何地倒下。

黄劫是被我们用一辆架子车拉回村的。架子车车厢的长度赶不上黄劫身体的长度,把黄劫斜放在车上,它的尾巴还是拖到了地上,真有点儿委屈黄劫了。

分鱼时,我没去,母亲去了。母亲分回的是鱼的中段,一截细白的鱼肉。母亲把鱼肉切成小块儿,拌点儿面,用油一煎,烧成一锅很香的鱼汤。在喝鱼汤之前,母亲还有话说。她的话主要是对我姐姐、妹妹和弟弟说的。母亲对我姐姐说:"这鱼是你弟弟逮的,吃吧!"母亲对我妹妹和弟弟说:"这鱼是你哥哥逮的,吃吧!"

奔跑的野兔

◇何君华

汽车已经在楚尔尼草原开出二十公里,那只野兔还在不知疲倦地奔跑。我把头扭向正在开车的特斯勒:"你说的到底是不是真的啊?到底能不能撵死兔子啊?"

就在一个小时前,特斯勒坐在呼通穆羊肉馆向我这个初来乍到的外乡人吹嘘道,在楚尔尼草原有一大奇观,叫作"猎兔不用枪"。"不用枪怎么猎兔呢?"我好奇地问特斯勒。特斯勒点了一支烟,慢悠悠地解释说:"在楚尔尼草原,绵延千里都是一望无垠的平原,现在又是草色尚浅的初春,我们发现一只野兔后开车跟在它后面就行了。

"野兔没有草丛可藏,只能没命地往前跑。整个草原都是无边无际的小草,野兔哪里知道脚下的路没有尽头呢?不出二十公里,野兔就会体力耗尽栽倒在地,到时候你踢它一脚它都不能动弹半步——它已经完全没有力气啦!我们这里管这个叫'撵兔'。怎么样,你没见过吧?"

这简直太不可思议了!对辽阔的楚尔尼草原,多年前我就心驰神往,哪里知道神奇的楚尔尼草原上还有这番奇景呢?特斯勒绘声绘色的讲述戳动了我的兴奋神经。我腾地站起,拉着特斯勒带我去撵兔。

我们刚上车不久,就在忽尔楞草场碰到了一只又肥又大的兔子,特斯勒连忙开着车紧跟着它不放。特斯勒不时摁着喇叭,我发现兔子一听到喇叭声就会快跑几步。兔子一快跑,特斯勒就加速。特斯勒始终跟兔子保持着三五米的距离。我想开口问特斯勒干吗不直接把车开过去轧死兔子,特斯勒看出了我的疑惑,自己先开口说道:"你别以为能轧死它——兔子贼精了,你一靠近它就钻进车底下不知往哪个方向溜掉。我刚开始撵兔的时候也跟你一样心急,想直接轧死它,没有一次成功的。撵兔着急不得,你只能紧跟着它,像鼻涕一样黏着它。只要不让它甩掉,不出二十公里,保证把它累趴下。"

我只好闭了嘴,静静地等待那只野兔累死的时刻。

汽车已经开出二十公里,那只兔子却没什么动静,还在拼命往前跑。我坐不住了,拍了拍特斯勒的肩膀说:"老哥,你不是开玩笑的吧?"

特斯勒摁了一下喇叭,那只兔子立即加快了步伐。特斯勒扭头对我说:"再等等,顶多三十公里。"

汽车开出三十公里的时候,那只野兔还没有要停下来的意思。

已经四十公里了,那只兔子还在没命地往前跑。

"奇怪了,不可能啊!我撵兔也有些年头了,从来没见过哪只兔子能跑出三十公里的。没想到这么肥大的一只兔子这么能跑!"

特斯勒的额头微微冒出了一些汗。我揶揄他说:"这只兔子练过跑步吧,它是兔子里的博尔特。"

特斯勒被我的话激了一下,脸色变得铁青:"就算它是博尔特,我今晚也非得攥死它不可。再把它剥皮开肚,让兄弟尝尝我们楚尔尼草原上的美味!"

过了一会儿,特斯勒突然兴奋得大叫起来:"快看,兔子耳朵耷拉下来了!它快要不行了!"我探出头一看,兔子原本直立的耳朵果然耷拉了下来,像一朵被太阳晒蔫了的枯花一样疲软无力。

特斯勒话音刚落,那只兔子应声倒地。

我连忙跳下车,用脚朝兔子狠狠踢了一脚。那只野兔竟真像一块石头一样,躺在地上一动不动。特斯勒得意地说:"你看,我没骗你吧!走,兄弟,我们烤兔子肉去!"

我在穆拉河边生好火,心想着马上就能享用一顿纯天然的野味,竟忍不住像兔子看见了一片苍翠欲滴的草场一样流下了口水。特斯勒跟我说,攥死的兔子不像用猎枪打死的兔子,身上没有创口,肉质松软,入口滑腻,吃起来特别新鲜。特斯勒的话撩拨得我完全没有耐性再等了,我走近特斯勒,想看看有什么需要帮忙的,赶紧弄好让我饱餐一顿呀!

不料,特斯勒忽然"噌"地站起,将手中的刀狠狠抛向了河水中。我惊诧道:"特斯勒,怎么啦?"特斯勒不答话,兀自在河畔蹲了下来。我感觉有些不妙,走过去一看,才发现那只已经被剥掉皮的野兔肚子里的秘密——五只已经成形的兔崽儿挤在母兔血色的子宫里。

怪不得它没命地往前跑!

自从那晚之后,再也没听说特斯勒攥兔。

血 驹

◇格日勒其木格·黑鹤

四岁的血驹已经不再是马驹了,它矫健高大,比其他的马足足高出半头。它已成年,并在不久前击败了那匹体形如炮弹般结实的强壮儿马,拥有了属于自己的马群,此时,头颈处还留着争斗时的累累伤痕。

今年,两个马群被圈到一处,便于打马印。

混群的结果就是两群的儿马轰然对撞。它们人立而起,雄踞于颤抖的马群之上,雄健的前蹄踢刨击打着对方的胸口,它们瞪圆了眼睛,似乎整张脸上只有眼睛,龇着巨大的板牙互相撕咬。

但这些不足以给对方造成足够的震撼和伤害,它们又掉转了身体,以后尻部迎向对方,双方拼尽全力尥蹶子,以自己的身体作为巨大的弹簧,然后控制着腰腹的力量,用结实的后腿踢向对方。那是马在攻击时最有力量的一种,角质的蹄子相撞轰然作响。任何一匹儿马此时都会舍命相搏,绝不退缩,一旦示弱,那么将永远地失去对自己马群的控制权。

那一刻，它们不是马，而是暴怒的狮子。

很快，血驹就在与另一个马群中的那匹黑白花色的儿马的搏斗中显示出了自己的力量，在对方被撞翻尚没有起身的时候，它一口咬住了花马的脖颈，死死不愿松口。

花马的劣势已经非常明显，还好，套马手们冲了过来，将它们分开。

不过，在血驹还在愤愤不平地打着响鼻的时候，它也意识到这些套马手正是为它而来。

在为那些适龄的马打上印记之后，这已经成为他们期待已久的保留节目。他们催马将血驹圈在中央，之后，随着响亮的吆喝，牧人们在一个方向让出了一条宽阔的道路，而在这道路的两边，十几个套马手骑着自己的杆子马，手持套马杆列成两排。

这是一次骏马与牧人之间颇为平等的对峙和角逐，双方都在展示自己的力量与技巧。

面对着十几根在风中抖颤的套马杆，血驹毫无惧色，它似乎也在期待着这一刻，它开始奔跑，冲向为它让出的这条道路，只要冲出去，它就可以回到自己的马群中，领着自己的马群奔向草原深处。

血驹奔跑起来拥有强大的力量，如同不可扼制的红色的巨浪，那从未被修剪过的黑色鬃毛高高扬起，仿佛巨浪上的波峰。

它以赴死般的激情冲了过来。

此时，是考验一个真正牧马人技艺的时候了。

套马手举起那些抖颤的套马杆，等待着血驹从面前冲过。

有些年轻的套马手技艺尚不老练，还没有反应过来，血驹已经如风般掠过，他们错过了机会；而一些套马手则准确地将套索套在血驹的脖颈上；只有那些技艺超凡的牧人才能够让自己的套马杆上的皮绳准确无误地套住血驹的半个头颅。

但是仅此而已，仅仅套住是不行的，还要能够与血驹对抗，以自己的力量将它扯翻。

这些牧人双手攥紧套马杆，拼尽全力，也催动着自己胯下的杆子马后坐。但这些准备在血驹那摧枯拉朽的气势中，显得毫无意义。

它梗着脖子，一冲而过，套马杆像松脆的芦苇一样被"噼啪"地折断。有些牧人感觉手中的套马杆被猛地抽去，两掌间像是着了火，低头看时，掌心的一层皮已经被捋掉。

而此时，血驹已经冲出重围，脖子上挂着十几根套马杆，一路招摇而去。

它又一次成功了。

血驹至死，也未让人在自己的身上打下烙印。

不让骑的阿鱼

◇ 蒋小辉

阿鱼不是鱼。阿鱼是一头骡子。

当生产队的喇叭"刺刺啦啦"地在村子上空炸响的时候,爷爷转身出了门。出门前,他吧嗒着烟枪,意味深长地说:"家里要添新口了。"不多时,爷爷用一筐青草请回了一头骡子,"啊吁——"一声停在了家门口。谐音的"阿鱼",就成了这头骡子的名字。

阿鱼进门没多久,我们就发现它很怪。这头体格强健的马骡,是干活的好把式,拉车、犁地比牛还强,背上能驮五百多斤粮草,就是不让人骑。

哥哥用青草当诱饵,和阿鱼混了几个月,阿鱼才没将喷嚏喷到他脸上。性急的哥哥爬上了它的背,阿鱼触电般地左冲右撞,温驯的骡子一下子就变成了狂躁的斗牛。哥哥几下子就被撂了下来,摔得全身散了架似的,再没有骑阿鱼的心思。

不让哥哥骑的阿鱼，更不让其他人骑，它的背上摔下过好多人。驯马师毛蛋对阿鱼不屑一顾，逞强要驯服阿鱼。他的屁股刚挨着骡背，阿鱼就疯了似的颠簸。毛蛋却也从容，拎着缰绳，随着阿鱼的节奏调节身体。阿鱼慢慢垂下头定了下来，大口喘息。毛蛋开始得意扬扬地吹嘘："别说一头小骡子，就是汗血宝马，俺也……"这时，阿鱼猛地一尥蹶子，后腿腾空，屁股朝天，毛蛋被掀到地上。阿鱼又一蹶子，把毛蛋踢得翻了两个跟头。

阿鱼给了所有"霸王硬上弓者"深刻的教训，也在村里打响了"金背"的名头。从此，再没人敢骑阿鱼。

村里有许多关于阿鱼为什么不让人骑的传闻。有人说阿鱼的"爹"是一匹老林里最剽悍的野马，也有人说阿鱼是一匹宝马的种，沿袭了宝马认主的习性。不一而足。

哥哥和我却不管它是什么种，只知道小伙伴们骑着自家的驴或骡在外疯耍，而阿鱼吃了草只会尥蹶子，我们就气得叫它"杂种"！

爷爷听到后，很生气，把我们狠狠骂了一顿。

这反而遭到哥哥对阿鱼更大的记恨。哥哥就往草料中加了辣子面，呛得阿鱼甩着脑袋在原地打转，鼻涕眼泪直流。哥哥看着阿鱼的狼狈样，拍手哈哈大笑，没料想被爷爷几记耳光打得眼冒金星。

爷爷恨恨地说："不长记性的家伙，阿鱼也是一条生命！对牲口就这德行，将来你对人能好到哪儿去？"

阿鱼不让人骑，干活却是憋足力气的。所以，爷爷待阿鱼很好，每天半夜起身给它加草料，隔三岔五地用自己做的大毛刷给它梳理毛发，农闲时会打来井水给阿鱼冲洗身子，有时竟撇开我们，摩挲着阿鱼的背，自言自语。村里人就说："你家阿鱼金贵得很哪,你爷养了三个娃哟!"我们气鼓鼓的,很长一段时间,这都是我们心里的一个疙瘩。

阿鱼让爷爷骑过一次,这是爷爷亲口告诉我们的。

那天,爷爷牵着阿鱼到镇里卖粮,一路毛毛细雨,走到山路时,却突降大雨。阿鱼的蹄子在泥里一拔一拔的,步子越来越沉。

爷爷望着泥泞的陡坡,拍拍阿鱼的头说:"阿鱼啊,咱庄稼人不容易啊,一年到头也拨拉不出多少粮。你再加把劲吧……"

阿鱼好像听懂了爷爷的话,把浑身的皮毛猛地一抖,抖落了一地水,脚底生风似的大步走起来。

回来路上,被雨水淋透的爷爷哮喘病犯了,"呼哧呼哧"喘得像拉风箱。爷爷捂着胸口咳嗽,跟跟跄跄地栽倒在地。

爷爷强撑着站起来,阿鱼这时却停下了步子,爷爷挥着鞭子使劲地抽打它,它也不走。阿鱼在爷爷的身上蹭了蹭脑袋,把脖子伸给了爷爷。爷爷左摇右晃地就倒在了阿鱼身上。

阿鱼没有像往常一样尥蹶子,而是晃晃荡荡地走了起来,一直把爷爷驮到了一个牧民的家里。

爷爷说起雨中骑阿鱼的事,眼睛里总是闪着光,把一杆老烟枪吸得"吧嗒吧嗒"响。我们馋得流哈喇子,却嚷着不信。因为,从那之后,阿鱼再没让人骑过。

爷爷待阿鱼更好了,还将它作为教育我们的范本,说:"你们哥俩只有我一个亲人,今后要守本分,要学阿鱼不让人骑,别受人欺啊……"

一向柔弱懒散的我,就是听了这句话,开始发奋图强的。也是听了这句话,我学着阿鱼尥蹶子的劲头,打掉了狗蛋的门牙。狗蛋杀猪似的在村里又哭又吼,宣告我受欺负的童年结束了。

我们兄弟越来越壮实,爷爷却一天天地衰老,终于倒在了一个深秋的雨季里。

临终前,爷爷告诉我们一个秘密:爷爷一辈子没结婚,我们是他从一场大火里救出来的。他又重复了那句老话:"今后没有我照顾你们了,你们要像阿鱼一样不能让人骑,记得一定得出息。"爷爷最后说了句,"照顾好你们自己和阿鱼",就被一声响亮的闷雷带走了。

爷爷走后不久,阿鱼吃得越来越少,在田里也没了往日的威风。后来,阿鱼开始绝食,瘦成了一把骨头。我们知道阿鱼也老了。

那天,阿鱼焦躁地来回踱着步子,还用力地冲撞圈栏。

我将圈栏打开,牵着阿鱼慢慢走到了爷爷的坟边。阿鱼以蹄子叩打地面,对着天长长地嘶叫一声,围着坟慢慢转了三圈,然后耷拉着脑袋往回走。

阿鱼眼角凝着的泪,闪着光,像露珠。

第二天,阿鱼倒在了圈栏里,死了。

我和哥哥把阿鱼埋在了一座小山坡上,从那里,可以远远地望见爷爷的坟。

那一年,我把名字改成阿鱼,开始了艰难的求学之路。

老猎犬洁吉格日

◇许廷旺

今年冬天,台来花草原出奇地冷。

老猎犬洁吉格日看见羊群进了羊圈,看见达林太走进蒙古包,它回到了蒙古包前那个浅浅的坑里,那是它的窝。

洁吉格日趴下了,可它又很快站了起来。那个浅浅的坑像一块坚硬如铁的冰冷的巨石,躺在上面,就如同躺在刀床上。洁吉格日来到羊圈。

羊群发出的温暖气息和轻轻的反刍声一下驱走了老猎犬洁吉格日身上的寒冷,也深深吸引了它,它不由自主地走进羊群。一只羊给它腾出了地方,老猎犬洁吉格日毫不犹豫地享用了。这是它们多年来相濡以沫共患难换来的对彼此的相信与理解。

大概过于寒冷,老猎犬洁吉格日身上原有的高度警惕变得迟缓了,它竟然没有察觉牧点外面游荡了多时的两双闪烁不定的眼睛——那是挣扎在饥饿与死亡线上的两只大狼。

一只大狼闯进羊圈，放倒一只羊，无论是老猎犬洁吉格日还是羊群，都沉浸在酣睡中。狼的行为越来越大胆，饕餮大餐。狼无所顾忌地进食，终于引起了老猎犬洁吉格日的警觉，它猛地抬起头，像满弓射出的箭，一口咬在一只狼的腰上。狼惨叫一声，滚落在坚硬如铁的冻地上。

洁吉格日不愧是一条作战经验丰富的猎犬，它越战越勇，因为战斗，身子感觉不到寒冷。它的动作越来越灵活，出口越来越快，越来越准……在伸手不见五指、寒意袭人的漫长黑夜里，不时响起怒吼声、咆哮声、撕咬声、惨叫声、身体"砰砰"相撞声、风声……整整响了一夜。

寒冷的天空升起一丝铅色的阴云，没有占到便宜的两只狼不得不逃之夭夭。

天亮了。

羊圈里惨不忍睹，地上散落着羊的内脏、肢体、头颅……

老猎犬洁吉格日受伤严重，左后肢失去了一块皮肉，露出一截白白的骨头。身上、腿上、颈部渗透血水，这些血水又在身上凝固成血珠。

牧民达林太看到眼前的情景时，惊呆了，夜里，他听到蒙古包外面不断响起的声音，因为寒冷，竟然疏忽了。

老猎犬洁吉格日陷在深深的自责中。

达林太给老猎犬洁吉格日包扎了伤口，把它安顿在蒙古包里。

清晨，风停了，空中又飘起了雪花。洁吉格日轻轻怒吼一声，三肢触地，颠着身子走出蒙古包。

"回来！"女主人大声喊着。

女主人跑了出来，她抱起老猎犬洁吉格日回到了蒙古包。

"你不能出去，你身上有伤，你要养伤，否则，会把你冻坏的……"达林太呢喃着。

天完全黑了，能听到雪花簌簌的飘落声。

洁吉格日站了起来，它原本就趴在蒙古包门口，达林太闩死了门，才制止了它。老猎犬频频挠着门，不一会儿，门板上露出白白的木碴。门就像一块巨石，尽管老猎犬洁吉格日频繁地挠动着门板，门却岿然不动。

洁吉格日对着门发出阵阵咆哮声，如同天边滚过的闷雷。"放它出去吧。"女主人说，"它会把自己折磨死的。"

达林太无奈地打开了门，门只开了一条缝，老猎犬洁吉格日一转身，消失在暴雪中。

地上的积雪有一尺多厚。

老猎犬洁吉格日颠着身子，回到羊圈。它身子抖得厉害，左后肢始终高高地抬着。

达林太把清理掉的积雪堆在羊圈四周，形成了高高的雪墙。羊群里时不时发出尖叫声。老猎犬洁吉格日出现后，羊群才渐渐安静下来。有羊主动给老猎犬洁吉格日让出位置。老猎犬洁吉格日看了一眼那个空位置，转过身，以后肢当座椅，望着深邃的夜空。

酸痛、麻木、寒冷折磨着老猎犬洁吉格日。

老猎犬洁吉格日闻到一股若有若无的异味，它"腾"地站了起来，紧张地注视着前方——淡淡的异味就是从对面飘过来的。的确，那两只尝到甜头的大狼又回来了，老猎犬洁吉格日怒吼一声，冲出羊圈。

怒吼声撕破了寂静的夜。因为焦急，奇迹发生了，老猎犬洁吉格日身上的疼痛消失了，左后肢也敢着地了。

达林太临时筑起的雪墙帮了老猎犬的忙。狼不知深浅，爬上了雪墙。松软的雪墙无法承载狼身的重量，"噗"的一声，狼陷进积雪中，雪墙倒了。老猎犬洁吉格日扑向坍塌的雪墙，大嘴瞄准位置，狠狠地插了进去。雪堆下面爆发出一声惨叫，随后积雪翻江倒海似的扬了起来。老猎犬怕误入其中，更怕另一只狼乘虚而入，急抽身，跳到雪地上。老猎犬洁吉格日的动作完成得干净、漂亮。

栽进了雪窝里的狼受伤严重，它再也不敢想入非非了。另一只狼看到同伴如此狼狈，暗自庆幸没有莽撞行事。两只狼虽然没有得逞，可并没有离开的意思，它们站到一处，又与老猎犬洁吉格日对峙起来。

老猎犬洁吉格日又感到左后肢隐隐作痛，说实话，自从两只狼出现后，还有刚才的战斗，它已然忘掉了身上的疼痛、麻木、寒冷……可当一切都归于平静时，这些消失的东西又蓬勃地冒了出来，灼烤着它。

雪还在下，一阵紧似一阵。

老猎犬洁吉格日已感觉不到寒冷、疼痛，它只感到麻木。这种麻木很快传遍全身，传到大脑，它眼前一片模糊。视线里，两道模糊的身影向它靠了过来。

老猎犬洁吉格日怒吼一声，麻木和随之而来的困意被抛到了九霄云外。老猎犬坐了下来，它没有足够的体力支撑身子，时间久了，很可能被狼发现破绽。

两只狼也被老猎犬洁吉格日的动作搞蒙了，迟迟不敢行动。

雪花落在老猎犬洁吉格日身上，它的身子就像隆起的雪堆，与四周的积雪浑然一体。只有那时时转动的亮晶晶的眼珠，以及隔一段时间就要发出怒吼的嘴巴还在动。

大雪整整下了一夜。

老猎犬洁吉格日整整守了一夜。

清晨，风停了，雪住了，暖洋洋的太阳挂在天空，台来花草原变成了茫茫雪原，晶莹闪亮。

达林太早早起来，他直奔羊圈。在通往羊圈的通道上，隆起一个犬形的雪堆。达林太看了，心"怦怦"地乱跳。他几步来到雪堆前，雪堆轰然倒塌。老猎犬洁吉格日目光明亮，仰望着明亮、清冷的天空。

父亲和朵拉

◇倪西赞

1

朵拉是我们家的一匹马。

那年,我家那头老牛再也拉不动车了。

一个清晨,父亲去集市买牛。晌午的时候,父亲哼着小曲,手里却牵着一匹马回来。

本来看好了一头健壮的牛,正当牛贩子死活不降价时,父亲感觉到身后有人拽他的衣服。回头一看,见一匹马用嘴巴在拉他的衣服。那匹马就是朵拉。父亲当时在气头上,挥挥手赶朵拉走,朵拉不走,大大的眼睛望着父亲。父亲仔细一看,这是一匹漂亮的马,心顿时柔软下来。

父亲忘了与牛贩子继续讨论牛的价钱,却和马贩子攀谈起来。马贩子对父亲说:"你们有缘啊,我等了一上午都没人要朵拉,你一来朵拉就喜欢上你了。"马贩子说得父亲心里美滋滋的。最终,父亲没买下那头健壮的牛，却花了多一半的钱，买下了朵拉。

2

怪不得父亲是那么喜欢朵拉，朵拉形态结实紧凑，外貌俊美，雪白的鬃毛，让人喜欢。只是，朵拉的一只脚有点儿跛。平时，父亲只让朵拉做些轻快的活。如果是上坡，父亲就在后面推着车子，让朵拉少用点儿劲。如果是粗重的活，父亲更舍不得用朵拉。他宁可自己拉，自己扛，也不用朵拉。实在不行，就去租一头牛来干活。父亲当宝贝似的宠着朵拉。

朵拉好像明白父亲的知遇之恩，一见到父亲就兴奋，挨近的时候就蹭蹭父亲，像撒娇的孩子，惹得我嫉妒无比。

3

那年，朵拉怀孕了。我和兄妹们轮流割最好的青草给朵拉吃，看着它浑圆的肚子一天天大起来，我们无比兴奋，渴望朵拉能生一个更漂亮的宝宝出来。

期盼的日子终于来临。第二年开春，朵拉在马圈生下了一匹鬃毛也是雪白颜色的马，我们叫它"朵云"。意思是长大了，跑起来像一朵白云。

朵云的模样比朵拉更漂亮，更甜美。一天，太阳很温暖，朵云在懒洋洋地晒太阳。我们几个兄妹忍不住去摸摸朵云，甚至几个人把它抱了起来。朵云很温驯地被我们抚摸。可是，朵拉不愿意了，不停地走动着，踢着，叫着，好像我们要抢走它的女儿似的。

我恨恨地捡起一块石头，朝朵拉的头扔过去，朵拉好像没想到要避让。石块落在它的眼角，一下子流出了血。这时，父亲赶过来，发怒地说："快把小朵云放开，朵拉母亲护犊子呢。"我们几个兄妹一哄而散。

在朵拉的庇护下,朵云睁着大大的眼睛,一天天幸福地成长起来。在早晨的山坡,在落日的黄昏,朵云跑动起来,飘逸得像天边的一朵云霞。

我们的快乐,就像加满了碗的水,不知不觉地溢出来。

4

一天早上,我和父亲带着朵拉去赶集。回来的时候下了一场暴雨,天晴后已经是下午。我们没有走大路,而是顺着小路往回赶。

小路在一片芦苇边断了。

以前没下雨的时候,我们可以从这里过去,可现在芦苇边成了一片沼泽地。按照父亲的经验,这片沼泽不会太深。于是,父亲拍拍朵拉的屁股,示意朵拉先蹚过去,看看沼泽有多深。朵拉回过头来,舔舔父亲的手,之后向沼泽里慢慢走去。

沼泽渐渐淹没了朵拉修长的小腿,接着是膝盖。当朵拉已经走过三分之二的沼泽时,父亲见势不妙,大喊一声:"朵拉,快回来!"此时的朵拉,四条腿已经陷进了沼泽。

时间一点点过去,还好,朵拉没有继续往下沉,估计大雨还没有把地下完全渗透。但是,朵拉出不来。父亲用平时的"口令"呼唤朵拉,朵拉还是不能动。

父亲发现了一条回家的小路,于是狂奔回村,叫村里的人来帮忙,可村里人手里拿着工具却无计可施,因为朵拉在沼泽中,用不上力。最后,父亲又到镇上请了一台吊车来,想让吊车把朵拉从沼泽里吊出来。可是,泥泞的沼泽边,吊车无法找到坚实的支撑,也只能袖手旁观。父亲有点儿绝望,他看着朵拉,有说不出的懊悔。

5

天色已经昏沉。朵拉在沼泽里站了几个小时,看样子已经筋疲力尽。突然，父亲大叫一声："有了。"他疯了一般向村子里跑去。

不一会儿，父亲牵着朵云一路飞奔而来。村里人都疑惑不解。村里人都知道父亲爱朵拉，也许是父亲想让朵拉在最后时刻，见见自己的孩子。村里的人都非常感动。

父亲牵着朵云在沼泽边上站着，对着沼泽中的朵拉发出口令，朵拉看到自己的孩子，眼里有了精神，身子在沼泽里动了一下。

这时，父亲又做出了一个令人意外的动作——他从背包里拿出了一把刀子。

父亲要杀朵拉，还是朵云？

岸上的人开始惊呼。只见父亲把手里的刀子举在空中，对着朵拉晃晃。朵拉不停地嘶鸣着，不停地抖动着身子。

父亲的脸上露出一丝不易觉察的笑容。他把朵云掉过头来，用手轻轻在朵云的屁股上抚摸了两下，突然，举起手里的刀子，一下扎在朵云的屁股上，朵云一声嘶鸣，举起前蹄，迅速向远离沼泽的地方跑去。岸上的人们也一片惊叫，大家以为父亲发疯了。

可是，意外的事情发生了，陷进沼泽的朵拉，也好像疯了一般，长长嘶鸣着，竟一跃而起，迅速冲出了沼泽，向朵云追去。

朵拉奔跑的姿势优美极了，像父亲耕地的犁，迅速翻开了泥土；像鲨鱼冲开了波浪，两边飞起了浑浊的泥花……

朵拉出来了，朵拉得救了！岸上的人们大声欢呼起来。

……

多年以后，我问父亲，那个时候，你是怎么想到这个办法的？父亲淡淡地说，天下所有的母亲，都是"护犊子"的……

Go go，小萨

◇王 辰

一只宠物狗，在川藏公路上奔跑2000公里，翻越12座4000多米的高山，到达拉萨。它的坚韧精神和追求自由的态度让人类羡慕。

小萨是一只狗，但很多人坚持认为它像阿甘一样能跑。它跟一队骑自行车的人一起，从四川跑到了西藏。

骑吉第一次看到小萨，是在四川省雅安县一个隧道入口。当时，这只宠物狗无力地趴在地上，身上脏兮兮的，看起来很疲倦，好像很久没有吃过东西。

骑吉是武汉一所大学的应届毕业生。这是他的毕业旅行——骑自行车征服总长近2000公里的川藏公路。

看到小萨，骑吉和队友们停下来，从行囊里掏出面包、饼干和矿泉水喂它，骑吉甚至丢给它一只鸡腿。

不知道是不是这些诱惑鼓励它奔跑——总之那一天，小萨跟在车队后面一路狂奔,并与队员们住进了同一家旅馆。

起初,骑吉和队友们只是觉得有趣,"这一路很辛苦,突然多只狗陪我们,大家顿时轻松起来"。第二天,怕惊动小萨,车队悄悄出发。刚离开旅馆,小萨就不知从哪儿钻了出来,继续跟着他们。于是,小萨成了车队的正式一员。队友给它起了名字——小萨。拉萨是此行的终点。

从此,川藏318公路之上,过往的司机们远远可以看到,车队之间,有一个小白点四处跳动,靠近才看清楚,那是一只吐舌狂飙的宠物狗。

继伙伴和名字之后,小萨又有了自己的微博。2012年5月10日,骑吉给小萨注册了名为"GOGO小萨"的新浪微博,并每天更新小萨的行程和照片。

在队友们眼里,小萨的性格有些"分裂"。休息时,它会安静地窝在角落,既不叫,也不扰人。可一跑起来,小萨却像换了只狗一样。翻越5000米高峰时,有队友体力不支,掉了队,小萨会从山顶跑下来,吐着舌头把前爪搭在他身上,用响亮的叫声给他鼓劲。在队友陆波眼中,小萨是这支队伍的精神领袖。

2012年5月25日,车队抵达拉萨。在布达拉宫前,队员们高兴地跳了起来。然而,车队的合影中,小萨却躺在骑吉怀里,眯着眼睛,昏昏欲睡。这一路近2000公里,很多队友不能骑完全程,偶尔要搭乘汽车。小萨却坚持了下来。

小萨每天跑50公里左右,大部分是上坡。途中共有12座4000米以上的高峰,它全部挑战成功。"有时跑得太远看不见我们,它还会返回来找我们。"队员说。

现在,小萨已经成了网络名犬,在新浪微博上拥有8万多粉丝。有些博友认出了小萨,原来,在骑吉之前,它至少跟过两个车队,但都跟丢了。

小萨这种自由奔跑的精神触动了博友,"一只狗,为了有一个自己的家而不停地奔跑,就像人们为了自己的梦想而努力一样""它跟阿甘一样,突然想跑了,就什么也不想,不停地跑""我必须要向它致敬,这才是真洒脱,没有单反,没有背包,仅有一颗说走就走的心……"

"它坚韧的精神和追求自由的态度让人类羡慕,或许,是因为身处这个时代的我们,有着太多的不坚韧和不自由。"骑吉的一位队友说。

2012年5月29日,小萨通过空运,返回了武汉,终于有了自己的家。骑吉说,自己即将毕业,但未来不管到哪里,都会把小萨带在身边。"它已经流浪很久了,需要一个家。"

骑吉还为小萨做好了滇藏之旅的计划,"喜欢跑,就一直奔跑下去"。

两匹战马

◇姓罗名强

历史上,有这样两匹战马:

第一匹,来自南宋岳珂《桯史》的记载:开禧年间,南宋军队北伐,士兵王成遇到一匹病马,不仅瘦,还长了疥疮,怜其可怜,带回了军营,半年后,这匹马养好了伤,行色如新,异常健壮。但这匹马脾气很大,只听王成的命令,有一次,王成的战友想骑它,没想到一去牵,此马立刻嘶鸣直立,几十人都不能制伏。

战争来临了,王成随部队前去江西与造反的李元励作战,遭对方埋伏,损失巨大,王成被敌军一挠钩扎在身上,坠马阵亡。宋军鸣金收兵,可无论怎么敲锣,王成的马都不肯回来,踯躅徘徊,悲鸣尸侧,最后,被李元励的手下逮回。

李元励的亲弟弟喜欢上了这匹马,把它养在最好的马厩里,宋人认得这是王成的马,见到马服从敌将的命令,纷纷大骂:"畜生就是畜生,没有气节啊!"

休养不久，李元励部开始攻打宋军，李弟骑着马，一直冲到阵前，马格外听从指挥，跑得非常快，但片刻之后，李弟发现了问题——马一路狂奔，根本不想停止，他很害怕，用刀扎马，谁知马血肉模糊，也只是朝着宋军的军营飞驰而去。

结果，他被活捉了，主将被擒，叛军大乱，宋军趁势击溃叛军，至于那匹马，因为身受重伤，两天后就死了。

第二匹马的故事，发生在林则徐虎门销烟的时候。

土家族将领陈连升早年遇到一匹劣马，因为这匹马体力不行，却脾气大。他下令让部属"熬马"，具体方法是先饿，几天不喂食，让马饥饿到极点，去其力；再磨，轮番上阵，使劲地折腾，让它不停地奔跑，不准休息，夺其劲；接着，在马疲惫的时候，捆于马桩上，四肢固定，不让其动，困其志；最后一招，如果连番的驯还没作用，就把马置于马群之中，用生盐水泡的鞭子，使劲地抽，直到它屈服为止。

半个月后，血染红了马鞭，浸红了马厩，马却依然不肯低下头颅。

这让陈连升很动容，他跟这匹马的性格很像。

后来，他像对待知音一样把这匹马当自己的坐骑，取名"黄骝"。

公元1841年1月7日，陈连升镇守沙角炮台，英军200多艘舰船从海面偷袭，清军虽腹背受敌仍毫不畏惧，600人与2000敌军浴血奋战，激战终日，伤亡甚重，火药消耗殆尽，英军乘虚攻入。

陈连升身先士卒，骑着心爱的黄骝马在敌阵往来厮杀，用弓箭射毙数十名敌兵；箭射完了，又抽出腰刀与敌人拼搏，肉搏正酣之际，敌人的炮弹飞来，他躲避不及，胸部中弹，饮恨殉国。

将军血染沙场后，黄骝马守在尸首旁，哀鸣长嘶，久久不肯离去。侵略者把它掳去香港，岂想马如主人一般坚贞，英兵一靠近，它就飞脚踢去，英兵强行骑上马背，它就把他抛落地下；英兵喂它，它则昂首不顾；中国人喂它，要双手捧给它才吃，如若放在地上，它便扬长而去。侵略者拿它没办法，把它放在山中，它草也不吃，水也不喝，终日向着西北方的大陆嘶叫悲鸣，终于绝食而亡。

第一匹马，岳珂引用孔子的话："骥不称其力，称其德也。"

第二匹黄骝马，它的故事被人们传颂至今，如今在虎门还立有"节马碑"，说它"古来骐骥传名驹，如斯节烈前古无"。

历史上传世良驹甚多，但真正的宝马，不是因为其健壮善跑，也不是因为其稀有珍贵。一匹马，有了贤者一样的德或者节，一定是宝马。

一只狗的情感难题

◇孙小宁

一只狗,随着它的主人住在高楼的两居室里,它见到的主人就是一对年轻的夫妇。它习惯于他们早出晚归,并且知道以最热烈的亲吻迎接主人的归来。后来主人有了新房,旧居给了一对老者,是男主人的父母,而这只狗又有眼伤,怕它无法适应新环境,所以就留在旧居,这也意味着,它必须适应新的主人。再后来,旧居又搬进来一个新人,就是男主人的哥哥,他总是早出晚归,做一份自己的工作。

人世的变化是无须与一只狗商量的,但对它而言,必须分清这次第的情感。它必须做到,不让偶尔回家的年轻夫妇失落,对得起这对善良的老夫妇的厚爱,同时不让第三位入住者嫌弃它。它要平衡的情感多么复杂,但它做得那么好,简直是尽心尽力。

旧主人来看望父母时,它总是热切地在门口迎接。它的耳朵依旧能听得出这对年轻夫妇上楼梯的脚步声。据说那时它就已伏在门边,准备迎接的礼仪了。

门一开,它就扑出来,又亲又摇尾巴,嗓子里发出"呜呜"的声音,全部的欢乐都融在这里面,让你知道它对你的一片热情。

随着时间推移,它的热切如旧,但已经能迅速转身。它似乎已经找到了自己的新天地,它更愿意自己和自己玩,如果你抱着它持久不放,它还会扭动身子,示意它要下地。它会离你远远的,但又步子迟疑,暗示你可以去追它,当你步子紧跟之时,它会"刺溜"一声,钻到床下,床帘低垂,它乌溜溜的眼睛朝外望,但已经是冷静的,表示那是它的地盘,连你都不可侵入。

当然你离开,它是知道的,它会再次出来相送。有时甚至送到门外的楼梯口。它很少能自己下台阶,但是在台阶上,你弯下身去,它会再次亲你。

而对日日看护它的两位老人,它常常表现得赖兮兮的。老人吃饭,它必得在茶几边巴巴地看,使得老人不得不把它能吃的东西喂给它。老人休息,它也休息。但是若它醒了,老人还没醒来,它便汪汪地对着床叫,直到把他们喊醒。

老人在阳台上辟出一块地方,铺上报纸,供它如厕。它每次必精准地撒在上面,但是必须有主人跟着。因为它知道,屎尿必须清理。它可不愿意自己是一只讨人嫌的小狗。

而对第三主人——男主人的哥哥,据两位老人说,它似乎很长时间不愿接纳他的到来。他进门,它必冲着他吠。那叫声里有排斥,但也有渴望被他接纳的意味。这个冲他叫的习惯持续了它十四岁的一生,这使我们觉得,就一只狗忠诚的本性来说,那些不断易主的小狗,无异于给它出了情感难题。

一只狗,无法决定自己的命运,它将有什么样的主人,主人又有怎样的更迭。它只能用它尽可能的智慧，去理解这一切。并且次第地传达出，对不同主人的感情。

就人与一只狗的感情而言，人永远是有负于狗的。因为你只把生命几分之一的情感给它，它想给予你的，却是它的全部。

兔褐马

◇乌热尔图

兔褐马是一匹普普通通的马,它在马群里不显山,不露水。它中等个头儿,全身的毛色发灰,四条腿上长着黑褐色的长毛,脑门上还有斑斑点点的杂毛,从远处看,它挺像一只秋天的野兔。它骨架粗大,跑得并不快,走得也不太稳。在挑选优质良马的活动中,牧人的眼光每次都从它的脊背滑了过去,它在马群中待了一年又一年,成了谁也相不中的老马。

青草发绿的时节,兔褐马终于告别了马群。它裹在二岁子小马群里,被主人卖给了远处的牧场。

在离开马群,被陌生人用套马杆驱赶着奔向偏远山谷时,谁也没有发现兔褐马眼窝里流出的泪水,连同它相伴十三年的老牧人,也没有顾及它恋恋不舍的心情。它是那么不情愿离开马群,没等走出马群多远,趁年轻牧人的一时疏忽,它扭头一阵狂奔,一溜烟跑回了主人的马群中。三个牧人虽然骑着快马,在马背上还是给气得嗷嗷直叫。他们连堵带截，累得满头大汗，就是没能把它撵出来。

兔褐马的老主人骑着一匹转弯灵活的杆子马，将套马杆搭在它脖子上，这才让它停住脚步。它用湿漉漉的眼睛望着老主人。老牧人好像理解了它的心情，扭身下了坐骑，走到它身边，对着它的耳根嘟囔了一些什么，这让它安静下来，乖乖地听从了主人的劝告，默默地离开了马群。

它走得挺慢，脚步显得十分沉重，步态也变得僵硬。走出马群有十几步远，它伫立在那里，一动不动，尽管头上的皮鞭抽得"啪啪"直响，它还是盯着那飘着一缕炊烟的毡包，仰起脖子发出"咴咴"的嘶鸣。它用这嘶鸣声告别的时候，声音有些嘶哑，整个身子都在颤动。

兔褐马离开了马群，被带到一个陌生的地方。之后，它在新的牧场度过了第一个白天。这一天，它觉得比熬过整整一个夏天还要漫长。黄昏来临时，它的蹄子被襻了一副结结实实的三条腿皮襻。新主人解下它头上的皮笼头，弯下腰细心查看马襻是否牢靠，觉得放心之后才拍打着它的脊背，将它撒到了草场。

天空的星星亮起来了。兔褐马低头啃着湿漉漉的嫩草，大口地贪食着，嘴里发出"嚓嚓"的咀嚼声。在它身边闲逛的伙伴们，不时惊讶地打量着它，对它这么快就适应下来感到有些纳闷。这些家伙烦躁地跑来跑去，冲着远处的山脊发出一声声嘶鸣。离别家乡的头一个夜晚，每一匹马的心情都是这么不安。

深蓝色的天幕上，星光开始变暗了，草场上一片寂静。兔褐马的伙伴东一帮、西一伙儿地聚在一起，垂着头无精打采地打盹。这时，兔褐马吃饱了青草，它挺起胸，昂着头，朝灰褐色的东山眺望。它清清楚楚地记起，它们是从那个山腰翻过山脊的。它张大鼻孔闻着空气中的气味，在轻拂的夜风中，捕捉到了残留在路上的气息，那强烈的思乡之情被唤醒了，它似乎听到了故乡的呼唤。

它开始在草地上挪动脚步，但它的两条前腿，再加上一条后腿，已经被生牛皮编的蹄襻牢牢地连在了一起，使它只能踏着碎步一寸一寸地前移，就像瘸了一条腿的母牛。兔褐马焦急地晃着脑袋，甩着鬃毛，不停地打着响鼻，它从来没有这么恼火过。它抬起前蹄，后蹄又蹬又踹，决心把这可恨的皮襻一蹬两断。可无论它在那里打滚儿，还是在那里打转儿，不但没把皮襻挣断，反倒把自己的蹄子勒得火烧火燎，浑身上下也湿透了。这样折腾了好一会儿，也不知它跌了多少个跟头，不得不歇歇脚，停下来喘口气。晚风中飘来的故乡草场的气味，为它增添了力量，蹄子上小小的皮襻没有难住它，它甩着长鬃，朝着自己认准的方向一寸一寸地移动。

兔褐马在草滩磨蹭了很久，头顶的天幕渐渐地变成灰白色，东方开始发白。在它跌了无数个跟头之后，终于摸索出了戴着马襻行走的窍门。这一特殊的步法完全是被逼出来的，这就是先将没上襻的后腿朝前跨一大步，靠它来支撑整个身体，然后将上了襻的三条腿同时向前发力，腰椎配合着弓起来，当重心前移的同时舒展腰身，这样就使整个身子向前跨出了一大步。这样的走法虽然别扭，但速度还是加快了许多。在那个夜晚，在那空旷的草地上，远远看上去，兔褐马就像只大青蛙，在那里一蹦一跳地行走。

很快，在没膝深的草丛里，留下了一条拖曳的沟痕，这是兔褐马戴襻奔走的印迹。天空发亮时，兔褐马翻过了东山的脊背，它在山顶停留片刻，冲着远处发出高亢的嘶鸣，这是它在为自己鼓劲。它似乎感觉到了故乡的草场，闻到了从那里飘来的草香，但它要回到家乡，还要跨过一道道山谷，翻过数不清的山冈。它前面的路，还真远着呢!

兔褐马松了口气。在清晨露水的浸湿下,蹄子上的皮襻在草丛和沙砾的磨蚀下,终于被挣断了。兔褐马高兴极了,它低头舔着蹄子上的伤口,伸直了腰,舒舒服服地在地上打了一个滚儿,仰起脖子,抖开长鬃,朝故乡的牧场狂奔而去。远远望去,它像草丛中飞奔的惊兔,也像一闪而过的清风。

在那个傍晚,兔褐马回到了自己熟悉的牧场。它站在那里,贪婪地闻着草丛中、河岸旁,以及从马群里飘送过来的那使它心醉神迷的气息。如同游遍了天涯海角重归故里的浪子,重回故乡怀抱的兴奋使得它不知如何是好。它找了一块平坦的草地,倒卧在那里,翻来覆去地在散发着草香的泥土上蹭着身上的汗渍。它一遍又一遍地在地上打滚儿,欢喜得就像吃饱喝足的小马驹。

它一口气奔上山冈,站在主人的毡包前,用它的厚唇吻着那扇浅绿色的小门,嘴里发出"咴咴"的呼唤。

门开了,它的老主人从里面走了出来。他惊讶地睁大了眼睛,额头上的皱纹舒展了。他一把搂住兔褐马的脑袋,抚摸着它的面颊,真真切切地表达着对它的疼爱。兔褐马温驯地站在主人面前,甩动着长尾,右蹄有节奏地踏动。它还抖搂身上的尘土,伸长了脖子,用它的厚唇吻着主人的衣襟,吻着他的手臂。

就这样,兔褐马腿上拖着三条腿的皮襻,翻山越岭,奔走了数百里山路,一口气跑回了故乡。可它的运气并不太好,尾随着它的蹄印,两名牧工骑着高头大马狂奔而来。就在主人的毡包前,皮鞭落在兔褐马的脊背上,它的头上又被扣上了笼头。那不讲客套的牧工,一前一后地驱赶着它,将它生拉硬扯地牵走了。

兔褐马的老主人追了上来。他扯住兔褐马的笼头,将半袋燕麦撒在它的脚下，然后默默地立在一旁，呆呆地望着它，一脸无奈。

兔褐马嚼着喷香的燕麦，心里很不是滋味。它还没来得及在草甸子遛蹄子，去河湾洗身子，也没见到马群里伙伴儿的身影，更没来得及把草场上的一切瞧上几眼，就这样被牵走了。

老牧人脸色很难看，他目送着兔褐马的背影，意识到它比任何一匹马都要恋群、恋家。他断定这次兔褐马被牵走之后，再也没机会回来了，一直到它把那副骨架扔在陌生的草场。老牧人久久地伫立，目送着兔褐马，神色有些忧伤，他感到懊悔。

过了几天，那是一个明朗的清晨，老牧人被一阵熟悉的声响惊醒了，他隐约听见外面传来马的喘息声，他简直不敢相信自己的耳朵，急忙披上外衣，深一脚浅一脚地冲出毡包。

老牧人一出门外，果然让他惊呆了，只见兔褐马浑身沾满泥浆、草末，汗水淋漓地站在他面前，就像一尊泥塑的野马。他发现，兔褐马的蹄子上戴着一副用铁链制成的襻索，它的蹄子已经磨烂了皮肉，流出了一片鲜红的血。

兔褐马一见主人，欢快地晃动着脑袋，甩着长鬃，两只眼睛闪出了光亮，用低沉的声音问候着主人。

"我的伙伴儿！"老牧人眼眶湿了，"这么远的路，你是怎么走回来的？还戴着这么硬实的襻索！"老人激动得声音都在颤抖，"你是怎么过的那片洼地？那片淤泥可陷死过一头大犍牛啊！"老牧人张开双臂，搂住了兔褐马的脖子。

从那以后，兔褐马哪儿也不去了，它自由自在地奔跑在故乡的草地上。

赖上门的那只猫

◇张国立

"这种流浪猫哪有名字?大家都叫它那只猫。"赵太太嘟着嘴说。

下午五点,那只猫在胡老爹家的院子内对着空碗喵呀喵叫个不停,邻居赵太太嫌吵,敲胡家的门,希望他管管那只猫,没想到门没关好,接着赵太太发出惊叫,警察于十一分钟后赶到,胡老爹仰面躺在血泊中。

他在美国的儿子上网找到我,希望我能在他回来处理后事前,先了解一下状况。有什么状况可言?胡老爹失去老伴多年,儿子不在身边,一个人过着平静的日子,几个月前见到一只浑身黑毛的流浪猫在他家院子,便拿只陶碗装了点儿剩菜剩饭喂猫,从此每天黄昏时猫都踩着围墙顶端跳进胡家,吃饱了再跳出去。连续两天猫都不见碗内的食物,便喵呀喵想唤出胡老爹,没想到间接发现了尸体。

警方忙着查指纹，查胡老爹生前交往情形，我闲着没事站在围墙外，那只猫仍对着空碗叫，警方没把它抓回去当目击证人。

刑事组的老刘皱眉走出房子，取下口罩对天空狠狠吸了口空气，才对我说："别在这里烦人，走，去巷口喝你的咖啡。"

我点点头，转身走到巷口，那是一排四层楼没有电梯的老旧国民住宅，最角落搭出一间单斜黑瓦屋顶的咖啡屋，墙上爬满藤，但有盏18世纪伦敦街头用的六角形雾灯伸在藤外，上面写着：Your Place（你的地盘）。

店很小，咖啡台后是漆成蓝色的木质橱柜，配四张黄色的小方桌。一名老板兼跑堂，她问我要喝什么。嗯，长发戴眼镜的女孩，套着绣有六角路灯图案的围裙。我看着女孩煮咖啡的利落身影，没多久，一杯冒着热气的曼特宁摆在我面前。她显然企图将店里布置得很有法国气氛，连咖啡都不用杯子，而是灰色的陶碗。虽只有我一个客人，女孩却没闲着，整理杯盘、拉齐窗帘，她还不时望着窗外。

老刘在店门前踩熄了烟才推门进来，女孩惊恐地看着他。老刘淡淡地说："黄小姐吗？跟我到分局走一趟。"

我回到胡老爹家，搜证人员仍未离去，我只能在院子内逛逛，仍未见到那只猫，可能还不到放饭时间吧，倒是那只碗，没错，和Your Place用的一样。

女孩在警局内闷了两个多小时，警方将七八片陶碗的碎片放在她面前，还有胡老爹手机屏幕上她和胡老爹的亲密合照，女孩才忍不住痛哭起来。

案情单纯，胡老爹常去Your Place喝咖啡，和女孩熟识并认了她为干女儿，之后陆续资助了她十几万，因为咖啡馆生意不好，欠了好几个月的房租,后来胡老爹甚至答应资助她去市区内另开一家店。不料胡老爹前几天反悔,女孩指称胡老爹骂她是吸血虫,才一时失控抓起一只碗砸在胡老爹的前额,这要不了人命,不过当胡老爹朝后倒下时,后脑壳撞上地砖,加上女孩既没叫救护车也没报警,两天下来失血过多而毙命。

破案了,我在手机内对美国的委托人说明情况,换来遥远的啜泣声。有东西跳进院子,是黑猫,它对着空碗又喵呀喵。

帮助别人一次是恩人,帮助十次是大恩人,但第十一次不帮忙,就是仇人了。我对那只猫说:"换个地方,找另一个恩人吧。"

烈马青鬃

◇姜泽华

"支左"那年,部队上送我们生产队一匹军马。那马年齿虽老,却形体高大,浑身铁青,颈上的鬃毛有一尺多长。听老人们讲,那叫青鬃马。

青鬃马的性子很烈。被牵进牲口棚的第一天,就咬伤了那头企图骚扰它的黑叫驴。心疼黑叫驴的饲养员上前拉"偏架",被它一蹄子尥出老远。为此青鬃马没少受饲养员的报复,头脸上常有被马勺磕出的累累伤痕。

青鬃马力气虽大,却不会犁地。它快捷的步幅总是令那些和它同驾的牲口跟不上趟儿。要它独拉一架犁,它又顶不了一个工日。对它一动鞭子,它就狂跳不已。没人驾驭得了它。

因此青鬃马经常被拴到树上挨鞭子。特别是生产队长的鞭子。队长使得一手好鞭,鞭头硬,打得准。他运足了劲儿,能把马耳朵一鞭打裂。

青鬃马便开始变得郁郁寡欢，无精打采。它经常趴在粪水坑里，把自己弄得满身污秽，落魄不堪。

"把它牵出去遛遛吧！实在不行，就……"就怎么样队长没说。因为那年月随便杀牲口可不是小事情。那可是"生产资料"啊！

时近中午，饲养员牵着青鬃马回来了。青鬃马身上的泥粪已被洗刷干净，浑身油亮。虽瘦骨嶙峋，却显得精神抖擞。饲养员有掩饰不住的喜悦："队长，这是匹好马哩！骑上它，跑得飞快，还特别稳当！"

真的？生产队长在青海当过兵，也能骑马。他从饲养员手中接过缰绳，一翻身跨上马背。稍一抖缰绳，青鬃马猛地蹿了出去……

野外的空阔辽远刺激了青鬃马已近僵硬的神经和蛰伏的野性。它扬起神采飞扬的鬃毛，收腰扎背，四蹄翻飞。跨阡度陌，跃丘越壑，尽情地奔驰在自由的风中。

队长满面红光，惬意地从马背上跃下，把缰绳往饲养员手里一扔："妈的！好马不犁地哩！找上几个人，杀杀它的野性儿，绝对是匹好牲口！"

这次，青鬃马被拴到那棵枯槐树上就显得很隆重。树周围站满了成圈的看客，圈内是轮番抽打的七八个鞭手。在鞭鞘儿的呼啸里，青鬃马悲声长鸣，鬃毛纷飞，鲜血崩流……

当鞭手们打累了，队长吩咐把马解开，又要蛮有把握地收获一头驯服的牲畜时，突然一声惊天的长啸，青鬃马猛地挣断缰绳，后蹄一蹬前蹄一扬，竟跃上了近三米高的枯树！在落上树枝的瞬间，两条插入树枝的前腿骤然折断！白森森的骨茬子都迸出体外！

青鬃马发出最后一声长长的哀鸣……

那天,队里每家都分到了一块马肉。我记得妈妈用马肉包了饺子,却不太好吃。因为那肉馅儿不但粗糙不香,还有股辛酸的味儿。

我至今还保留着我捡到的那匹青鬃马的一片马蹄铁。那马蹄铁已磨得很薄,上小学时我曾用它当削笔刀削铅笔,很锋利。

意林精品图书推荐

《我不成仙 一 断尘绝念》
简介：不想成仙却毅然修仙，她见愁只想有朝一日对那人说："纵你成仙，亦不可逃！"
定价：28.80元

《我不成仙 二 杀红小界》
简介：血衣作战袍，刻骨为利刃。她的通天坦途，便是他的穷途末路。
定价：28.80元

《我不成仙 三 流星赶月》
简介：敏锐与直觉，无一欠缺；缜密与果决，兼而有之。力敌群雄者，舍她其谁！
定价：28.80元

《我不成仙 四 尘战空海》
简介：为成大道，葬痴情、斩尘缘者有之，可若寻仙问道是这般模样，她宁愿永不成仙！
定价：28.80元

《我不成仙 五 舍我其谁》
简介：见愁者，无限潜力，无限战力！斩断过去，分割今昔。她的世界，有无未来！
定价：28.80元

《禁域①墓地神婴》
简介：皇者重现世间，只为触底反击，再创传奇！踏破乾坤纵横时空，禁域绝密即将揭晓！
定价：28.80元

《禁域②宗门斗者》
简介：扶桑谷内迷雾重重，时间长河、神秘女子……时空彼端，究竟有着怎样的秘密？
定价：28.80元

《禁域③王者遗风》
简介：阳魄界，一个神奇的虚拟世界，浮生为赤钻来到这里，却发现了更惊人的秘密！
定价：28.80元

《符神传说①斩焰少年行》
简介：接通元灵符界，交易、对战、派单……现实与虚拟之间，体味什么叫酣畅淋漓！
定价：28.80元

《符神传说②东川起风云》
简介：逆转鬼煞岭、人蛮荒探迷城，跨越空间界限，开启度奇幻热血征程！
定价：28.80元

《符神传说③刀芒惊天下》
简介：巧进黑狱筑识海，烈焱龙雀傲天下。勇握天符浩土，领略异阁传奇！
定价：28.80元

《符神传说④地下悬赏令》
简介：识妖族斗南洲，符驭四方见奇谭。游历异界空间，探索奥妙人生！
定价：28.80元

《雪鹰领主1》
简介：我吃西红柿全新力作！少年骑士惊世崛起，铸就为人类荣誉而战的英雄传说！
定价：29.80元

《雪鹰领主2》
简介：圣હ超凡，初露峥嵘，打造热血沸腾的传奇武侠世界！
定价：29.80元

《决战星座学院1》
简介：为00后读者量身定制的校园星座魔法书，超反转、超疯狂的校园大作战，开始！
定价：29.80元

《浮玉仙魔》（全一册）
简介：跨越六界的情仇离合，仙家养成，爆笑开演！看一代魔帝，如何觉翻浮玉仙山！
定价：29.80元

《倾世萌狐》（全三册）
简介：任他天道严酷，你始终是我无法断的"情"，难以绝的"爱"。
定价：29.80元

《我的画风不太对》（全二册）
简介：一不小心成了外星玩家的目标对象？千回百转的拼图游戏，谁是最终赢家？
定价：29.80元

《灵犀》（全二册）
简介：取《山海经》之精髓，谱一曲荡气回肠、龙狐相随的深情恋歌！
定价：29.80元

《仙萌奇缘》（全二册）
简介：迷糊弟子"约架"冷傲少主，无厘头话本奇袭玄天剑宗，非正统仙侠大戏反转上演！
定价：29.80元

意林精品图书推荐

《那个神秘的宣愉小姐》
简介：心理分析小说，一次亲情伤痛造成的人格分裂，一场守护爱情的计划……
定价：32.80元

《对方正在输入中》
简介：你是否能从他涨红的脸颊看到他比阿尔卑斯山还强大的内心，让他的病只为你发作。
定价：29.80元

《你是年少的欢喜，喜欢的少年是你》
简介：古风作家吾玉打造都市清风之作，告诉你，如何学着去爱一个人。
定价：29.80元

《余生请对我好一点》
简介：时光回望，今日的纠葛，竟好似还了往日的债。
定价：32.80元

《比心》
简介：暗恋被冷酷拒绝，离开却突然收到女孩的短信，只有一行字，却让他笑了……
定价：32.80元

《从此晚安我自己》
简介：95后作家何豪豪青春成人礼童话，将16个故事，说给长成大人的你！
定价：29.80元

《我不愿让你一个人走过春春的荒芜》
简介：写给你深情的告白书，15篇故事，有作者的亲身经历，也有勾勒的世间温暖。
定价：29.80元

《你是久爱，亦是心欢》
简介：青春与梦想，爱和守护的故事，孤冷少女与霸道阔少相爱相杀深情开演。
定价：32.80元

《胭脂将》
简介：魔幻江湖的纷乱，胭脂女将的传奇！
定价：32.80元

《一两江湖之望星记》
简介：古风作家一两打造全新江湖，一醉江湖三十春，尽在《望星记》！
定价：29.80元

《一两江湖之琵琶误》
简介：家仇国恨，爱上不该爱的敌国先锋，如何面对这生死纠缠的爱情？
定价：29.80元

《月光蒲苇①·夜阑时》
简介：阴谋、友情、爱情，上古四神的恩怨，今生能否化解？
定价：32.80元

《世界的另一个你》
简介：18岁少女的奇幻冒险，唯美魔幻的童话世界，寻找世界的另一个你！
定价：32.80元

《绯色黎明》
简介：人类并不孤单，在黑暗种族的环伺下，被掩盖的真相等着你去探寻。
定价：32.80元

《这一杯，我敬的是年少无知》
简介：悬疑作家何慕精心打造的都市心理悬疑成长小说集。
定价：32.80元

《我的人生无须证明给你看》
简介：是选择梦想，还是安于现状？马叛用这些故事告诉你答案。
定价：32.80元

多味之恋
简介：七彩青春，多味之恋，寻找身边错过的小美好。
定价：29.80元/册

十八而志
简介：十八岁之前的远大志向，决定了十八岁之后的梦想人生。
定价：29.80元/册

深夜暖心
简介：青春絮语，灯下最好的陪伴，马叛、张芸欣、冷亦蓝深夜暖心之作。
定价：29.80元/册

初心讲义
简介：初心故事讲给你听，拥有一个又一个的小温暖。
定价：29.80元/册

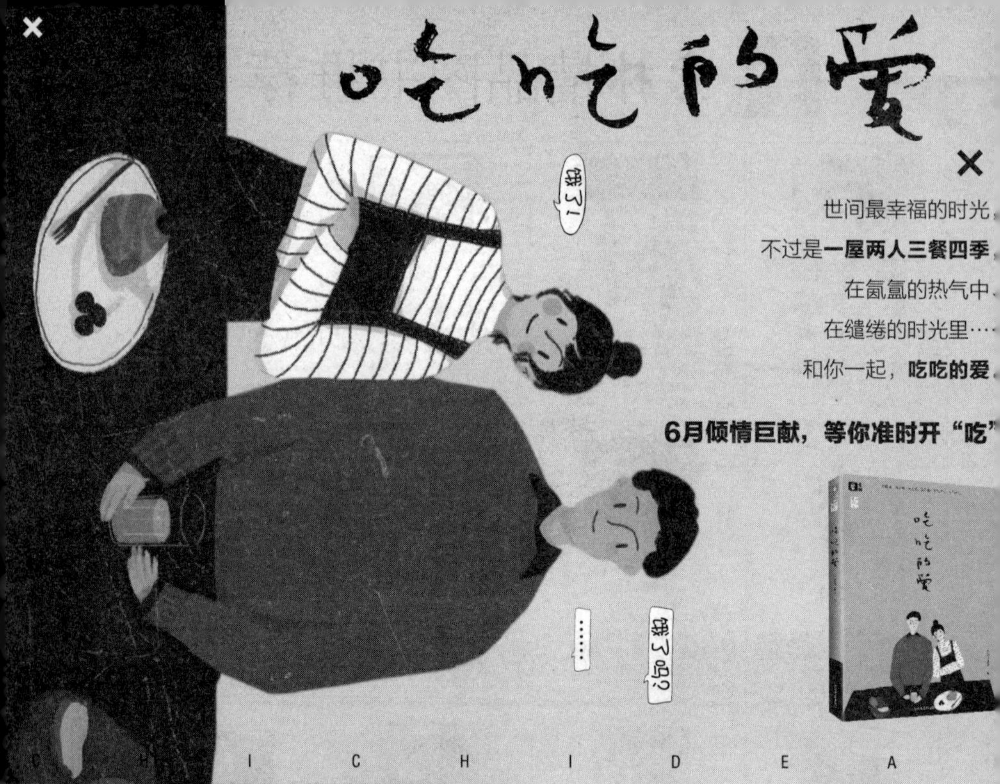

吃吃的爱

世间最幸福的时光
不过是**一屋两人三餐四季**
在氤氲的热气中
在缱绻的时光里……
和你一起，**吃吃的爱**。

6月倾情巨献，等你准时开"吃"

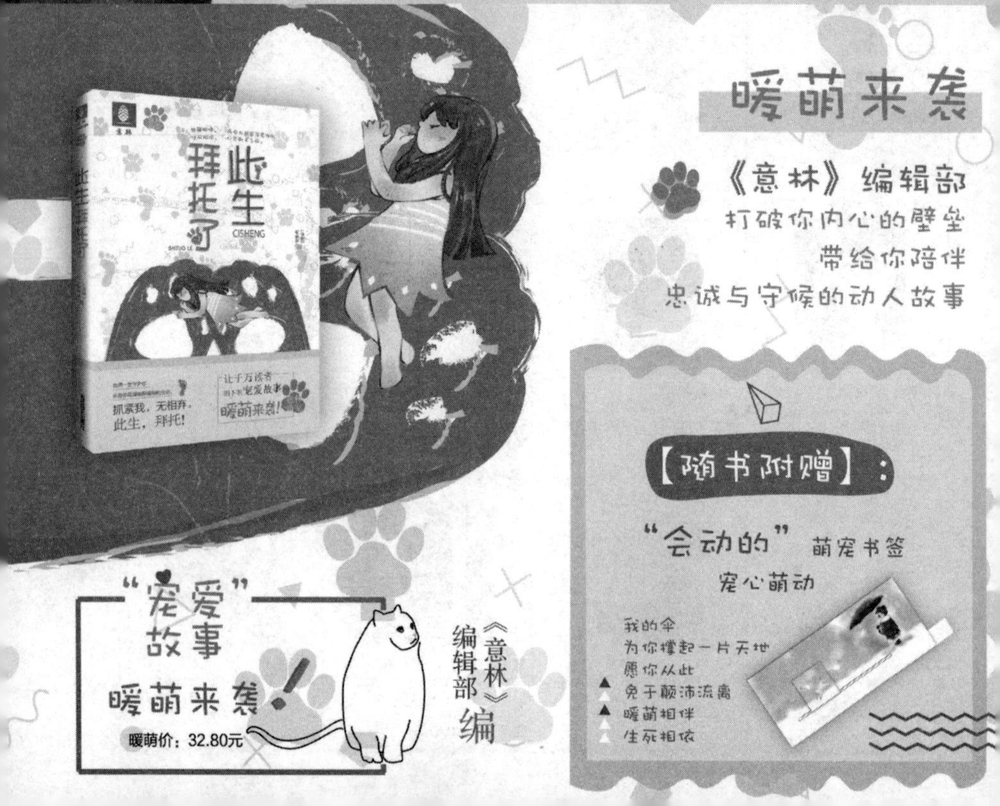

暖萌来袭

《意林》编辑部
打破你内心的壁垒
带给你陪伴
忠诚与守候的动人故事

【随书附赠】：
"会动的"萌宠书签
宠心萌动

我的伞
为你撑起一片天地
愿你从此
▲ 免于颠沛流离
▲ 暖萌相伴
▲ 生死相依

"宠爱"故事 暖萌来袭
《意林》编辑部 编
暖萌价：32.80元